LOS MEJORES CUENTOS DE HADAS

TORMONT

©1997 Tormont Publications Inc.
338 Saint Antoine St. East
Montreal, Canada H2Y 1A3
Tel. (514) 954-1441
Fax (514) 954-5086

Textos originales:
Jane Brierley
Robyn Bryant
Carol Krenz

Adaptación al español:
Cecilia Buitrago

Illustraciones y diseño gráfico:
Zapp

Importado en México por:
Ediciones Quebec S.A. de C.V.
Calle Francisco Rojas González # 609
Colonia Ladrón de Guevara
Guadalajara, Jalisco 44650
México
R.F.C. EQU 960227 8A6

Exportado por:
Tormont Publications Inc.
338 Saint Antoine St. East
Montreal, Canada H2Y 1A3
CORP   9170-7471

Impreso en China / Printed in China

CONTENIDO

ÉRASE una vez un rico mercader que tenía tres hijas. Las dos mayores eran egoístas y tenían muy mal carácter. Pero Bella, la más joven, era tan amable como hermosa.

Un día, cuando la familia se enteró que los barcos del mercader habían naufragado y que, en consecuencia estaban arruinados, Bella guardó su calma y optimismo.

Al haber perdido todos sus bienes, el mercader tuvo que mudarse con su familia a una pequeña choza en el campo. Las hermanas de Bella se lamentaban sin cesar de la falta de comodidades y de no tener sirvientes bajo sus órdenes.

–Vestidas así, nunca llamaremos la atención de los jóvenes –se lamentaban.

En cuanto a Bella, se preocupaba muy poco de ser pobre. Trabajaba en la huerta, preparaba la comida, limpiaba la casa y trataba por todos los medios de consolar a la familia.

Un día, llegó hasta la choza un mensajero para avisarles que uno de los barcos del mercader había logrado capear la tormenta y había llegado al puerto. Inmediatamente el mercader decidió ir a ver lo que le quedaba de su fortuna.

–Tráenos un vestido de esos que vienen de París –dijeron las hermanas de Bella a su padre.

–¿Y tú, Bella qué quieres que te traiga? –preguntó el mercader a su hija menor.

–Yo quisiera una rosa ya que no tenemos en el jardín –respondió la joven.

–Te traeré una rosa hija mía –le prometió con una tierna sonrisa.

En el puerto, las noticias fueron desalentadoras: el cargamento del barco no se había salvado.

El desafortunado mercader, que había gastado sus últimas economías para hacer el viaje, inició descorazonado su regreso a casa.

¡Y qué viaje! El mercader se encontró en medio de una tormenta. El granizo y la lluvia torrencial le impedían ver el camino y un frío glacial le llegaba hasta los huesos. De repente, se dio cuenta que se había alejado del camino y que no sabía dónde se encontraba.

"¡Qué triste fin para una triste existencia!" pensaba desolado.

En ESE MOMENTO vio una larga alameda, donde al final brillaba una luz. Guiado por ella, llegó hasta un suntuoso castillo.

Exhausto, el pobre se preguntaba quién podría vivir en aquel sombrío lugar, pero sin dudarlo, decidió pedir posada para pasar la noche.

Después de haber conducido su caballo al establo, el mercader se dirigió hacia la entrada del castillo. Las puertas se abrieron cuando se acercó, como si alguien lo estuviera esperando.

—¿Hay alguien? —preguntó varias veces sin obtener respuesta.

EL MERCADER entró en un cuarto iluminado por una gran chimenea, donde vio una suculenta cena servida para una persona. Después de dudar un momento, se sentó y comió con apetito.

A pesar de que tenía la sensación de que alguien lo vigilaba, decidió explorar el castillo. En su recorrido encontró una habitación donde se hallaba una mullida cama. Como estaba tan cansado se echó sobre ella y se quedó profundamente dormido.

Cuando se despertó a la mañana siguiente, encontró su ropa limpia y bien planchada. Además, un copioso desayuno para una persona, lo esperaba en el comedor donde había cenado la noche anterior.

–¿Qué maravillosa magia es esta? –se preguntó satisfecho mientras terminaba de desayunar.

Antes de continuar su camino, el mercader quiso agradecer a su huésped. Buscó por todas partes pero no encontró a nadie. Entonces se dirigió al establo para buscar su caballo y en el camino, vio un magnífico rosal.

"Al menos podré complacer a Bella" pensó mientras recogía un gran ramo de rosas.

De repente, el suelo comenzó a temblar y un terrible rugido rompió el silencio matinal. El mercader se volvió sorprendido y se encontró frente a frente con una enorme bestia.

–¿No te pareció suficiente la hospitalidad que te ofrecí, y tienes que robar mis rosas? –rugió la bestia.

–Le ruego me perdone, Señor –dijo el mercader avergonzado.

Pero la bestia le cortó fríamente la palabra:

–No me llames así. ¿No ves acaso que soy un horrible animal? ¡Todos me llaman la Bestia!

–DE ACUERDO, si usted lo desea lo llamaré Bestia. Pero ¿perdonaría usted a un viejo que prometió a su hija menor que le llevaría rosas? –imploró el mercader.

–¿Así que tienes varias hijas? –preguntó la Bestia–. Muy bien, si me prometes que una de ellas vendrá a vivir aquí por su propia voluntad, te perdonaré. ¡Pero si no cumples tu promesa, morirás!

El desdichado mercader le prometió volver con una de sus hijas. Pero, y si todas se negaban ¿qué sería de él?

De regreso a casa, estaba tan angustiado que era incapaz de pronunciar palabra. Fue finalmente Bella quién logró convencerlo de que les relatara su extraña aventura.

–De acuerdo –dijo la joven cuando su padre terminó el relato–. Ya que las rosas eran para mí, seré yo quien vaya a vivir donde la Bestia.

Las dos hermanas de Bella se sintieron aliviadas, pero su padre tenía el corazón partido. Al día siguiente, se dirigió al castillo en compañía de Bella con la esperanza de que la furia de la Bestia se apaciguara.

IGUAL QUE LA PRIMERA vez, el castillo parecía inhabitado, pero un gran fuego estaba prendido en la chimenea y, esta vez, la mesa estaba puesta para dos personas. Bella y su padre habían empezado a cenar cuando, de repente, la Bestia hizo su aparición.

Bella, no pudo ocultar su sorpresa al ver a la Bestia.

–¿Viniste por tu propia voluntad? –le preguntó.

–Si, –respondió dulcemente la joven, a pesar de sentirse aterrada.

–Me alegra oír eso –respondió la Bestia–. Puedes pasar una última noche en compañía de tu padre, pero cuando él se marche mañana, será para siempre. Sin embargo, podrás verlo gracias a un espejo mágico que encontrarás en tu habitación.

Y la Bestia desapareció sin que Bella ni su padre tuvieran tiempo de agregar una sola palabra.

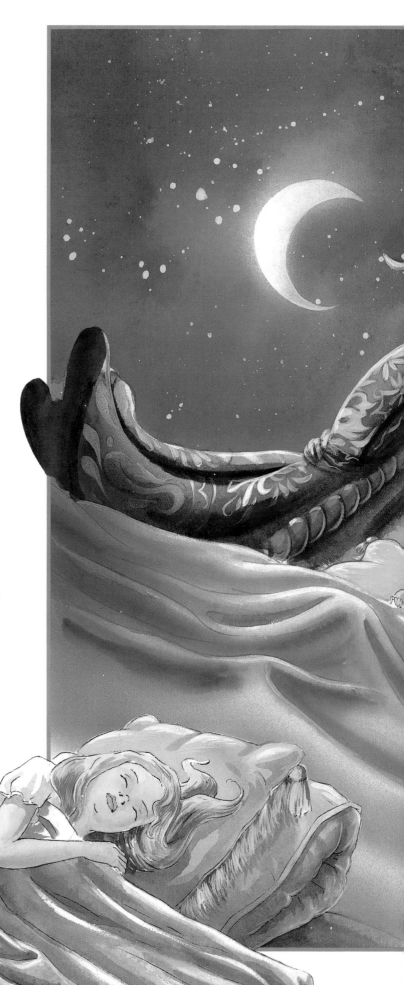

Después de haber cenado y antes de irse a dormir, Bella y su padre se despidieron con tristeza. Para sorpresa suya, Bella no tuvo ninguna dificultad en dormirse y soñó que una dama encantadora le hacía compañía.

–No te sientas triste Bella –le murmuraba la dama–. Tu amabilidad y gentileza serán recompensadas y todos aquellos que te aman, serán felices.

Muy temprano en la mañana, Bella se despertó fresca y lozana.

Mientras desayunaban, la joven tranquilizó a su padre.

–No tengas temor papá, anoche tuve un sueño maravilloso. Sé que aquí estaré tranquila y segura y que la Bestia no me hará ningún daño. Todo irá bien. Ya lo verás.

Bella se inclinó sobre su padre y le besó la frente con ternura pretendiendo no ver las lágrimas que corrían sobre las mejillas del anciano.

BELLA echaba de menos a su padre, pero en el castillo
encontró muchas distracciones. Al explorar su nuevo
universo, descubría un mundo encantador: inmensos salones
adornados con cuadros y alfombras y una enorme pajarera
llena de aves exóticas y ruiseñores.

También tenía a su disposición una gran biblioteca y una sala de costura equipada con todo lo necesario para bordar, además de telas provenientes de los cuatro puntos cardinales. Y, como si todo esto no fuera suficiente, tenía su propio salón de música.

Hermosas fuentes adornaban el jardín y podía pasearse en barca sobre las aguas del lago. En las noches, la misteriosa dama venía a acompañarla mientras dormía.

LA BESTIA venía todas las noches a la hora de la cena y Bella se había acostumbrado fácilmente a su presencia. A pesar de su apariencia, tenía una voz extraordinariamente dulce. Además, la Bestia era amable, gentil y sensible y sabía distraer a Bella quien reía siempre en su compañía.

   –Dime Bella, ¿eres verdaderamente feliz aquí? –le preguntó la Bestia.

   –Mi vida es solitaria, pero debo admitir que es muy agradable, –respondió Bella.

–¿Tienes todavía miedo de mí? –preguntó la Bestia.

–No, ya no tengo miedo –respondió Bella.

–Entonces, ¿aceptarías casarte conmigo?

–¡Oh no! –respondió Bella espontáneamente–. No podré casarme contigo jamás.

Herida por esa respuesta, la Bestia se levantó bruscamente, salió precipitadamente del salón y desapareció durante varios días.

CUANDO la Bestia volvió a aparecer, Bella le dijo:

—Me alegra verte. Te he echado de menos.

—Bella, te ves muy triste. ¿Hay algo que te preocupa?

—Sí. Vi en el espejo mágico que mi padre se encuentra muy enfermo. Te ruego me permitas ir a visitarlo. Te prometo que regresaré.

La Bestia guardó silencio por unos momentos. Después, entregándole un anillo a Bella, le dijo:

—Póntelo, y cuando quieras regresar todo lo que tienes que hacer es quitártelo. Mañana cuando te despiertes estarás al lado de tu padre. Pero si te quedas más de una semana, moriré.

A la mañana siguiente, tal como la Bestia le había prometido, Bella se despertó en casa de su padre.

—Sólo de verte sana y salva ya me siento mejor —murmuró el anciano.

Bella cuidó a su padre con esmero y no se dio cuenta de que el tiempo transcurría. Ya era demasiado tarde cuando se acordó de la promesa que le había hecho a la Bestia.

Besó a su padre antes de partir, retiró el anillo de su dedo e inmediatamente fue transportada al castillo.

USCÓ a la Bestia en vano por todas partes, y cuando llegó la hora de la cena, el sillón donde la Bestia se sentaba permaneció vacío. Bella, entristecida, no pudo probar bocado. Salió al jardín y oyó unos lamentos que llegaban desde el bosquecillo cercano al castillo.

–Bestia, ¿dónde estás? –gritaba mientras corría hacia el bosquecillo.

Lo encontró tumbado en el suelo. Se arrodilló a su lado y tomándole la cabeza con dulzura la colocó sobre sus rodillas.

–Querida Bestia –le dijo entre sollozos–. Estás enfermo por mi culpa.

–Bella, has faltado a tu promesa y por eso me estoy muriendo –gimió la Bestia.

–¡Oh, no! ¡Tú no puedes morir! –exclamó Bella–. Durante el tiempo que estuve alejada de ti pude darme cuenta que te amaba. Yo sería verdaderamente feliz de casarme contigo –le dijo llorando.

Mientras sus lágrimas caían sobre la Bestia, algo maravilloso sucedió.

LA BESTIA se transformó en un príncipe encantador, el joven más guapo que Bella había visto en su vida.

–¿Dónde está la Bestia? –preguntó Bella sorprendida.

–Yo soy la Bestia –respondió el Príncipe–. Hace mucho tiempo, una malvada bruja me convirtió en bestia y me condenó a vivir así hasta que una persona de noble corazón me amara sinceramente. Con tu amor Bella, has roto el hechizo.

El castillo, que había permanecido silencioso por tanto tiempo, recobró vida. Se escuchó una música maravillosa y los pájaros del jardín entonaron sus cantos. La hermosa dama que visitaba a Bella en sueños y que en realidad era la madre del Príncipe, se acercó a los jóvenes acompañada por la familia de Bella.

Poco tiempo después, Bella y el Príncipe se casaron y vivieron felices por el resto de sus vidas.

JUAN

Y LOS

FRIJOLES
MÁGICOS

Érase una vez una pobre viuda que vivía sola con su hijo único, Juan. Eran tan pobres que solo tenían para comer un poco de leche y pan. Un día, se vieron obligados a vender la única vaca que tenían.

–Lleva la vaca al pueblo –dijo la madre a su hijo–, y trata de obtener un buen precio.

–De acuerdo, madre –respondió Juan.

El joven se dirigió hacia el pueblo para vender la vaca.

Por el camino, Juan encontró a un hombre vestido con un traje remendado, una capa y un sombrero de punta adornado con una larga pluma verde.

–¡Qué hermosa vaca! –le dijo el extranjero.

–Está para la venta –respondió Juan.

–Te la compro –replicó el extranjero.

EL HOMBRE saltó de la rama en la que estaba sentado, abrió un saquito que tenía colgado en el cuello y sacó cinco frijoles secos de diferentes colores. Juan nunca había visto esa clase de frijoles.

–¿Frijoles? –preguntó Juan vacilante.

–Son todavía mejores que el dinero –respondió el extranjero–. Estos no son frijoles comunes; son mágicos.

Como Juan no desconfiaba de la gente, le creyó al extranjero y aceptó los frijoles a cambio de la vaca.

–¿En qué estabas pensando Juan? –gritó la madre cuando su hijo le mostró los frijoles mágicos. ¡Ahora no tenemos ni vaca ni dinero! ¡Qué tonto eres!

De un gesto furioso, la pobre mujer lanzó los frijoles por la ventana y envió a Juan a la cama sin darle tan siquiera un trozo de pan.

Avergonzado, Juan no lograba conciliar el sueño.

"Tengo que encontrar una forma de recuperar la vaca", se dijo.

A LA MAÑANA siguiente, Juan corrió al jardín para buscar los frijoles mágicos. ¡Cuál no sería su sorpresa al descubrir que durante la noche, los frijoles habían germinado y crecido tan alto que se perdían en las nubes.

"Me será muy fácil subir", pensó Juan, y decidió ir a ver a dónde conducía el tallo de los frijoles mágicos.

Comenzó a subir hasta que al mirar hacia abajo, vio su casa tan pequeña como una casa de muñecas.

Sin embargo, por más que subía, no alcanzaba a ver el final de la planta de frijol. Pero como estaba decidido a llegar, continuó trepando sin atreverse a mirar hacia abajo por temor a marearse.

JUAN llegó por fin a lo más alto de la planta y miro a través de una enorme nube y vio un país maravilloso.

–¿Dónde estoy? –se preguntó.

En ese momento un hada azul apareció delante de sus ojos.

–¿Ves ese castillo? –le preguntó–. Antes pertenecía a un valiente caballero. Pero una noche, mientras dormía, un ogro lo mató y se apoderó del castillo. Por fortuna, la esposa del caballero y su hijo, que estaban ausentes en el momento del drama, pudieron salvarse.

–Esa señora es tu madre Juan, y tú eres el heredero de ese castillo.

–¿Mi padre era un caballero? –preguntó Juan con los ojos muy abiertos.

–Sí, hijo mío –respondió el hada azul. Y ahora, es tiempo de que recuperes lo que te pertenece para que se lo des a tu madre.

Diciendo esto, el hada desapareció entre una nube.

—¡QUÉ extraño lugar! –se decía Juan mientras se dirigía hacia el castillo.

Cuando llegó a la entrada tuvo mucho miedo. Las enormes puertas estaban abiertas y una tenue luz llegaba del interior.

Juan sintió un olor de carne asada.

"No debo tener miedo", se dijo Juan, y entró en punta de pies.

Caminó hasta un gran salón donde había una inmensa mesa y un enorme sillón. Se disponía a dar otro paso cuando oyó un ruido como un trueno y en ese momento el piso se puso a temblar como un barco mecido por la tempestad. Juan sintió tanto miedo, que corrió a esconderse.

Era el ogro que llegaba. Era tan grande que su cabeza casi tocaba el techo. Tenía un aspecto cruel y malvado y cuando abrió la boca, Juan vio que tenía dientes afilados como cuchillas.

—Grrrr..., huelo a carne humana —gruño el gigante.

—¡Imposible! —respondió su esposa desde la cocina—. El olor que te llega es el de tu comida. Siéntate y te la serviré —le dijo mientras colocaba sobre la mesa veinticinco pollos asados.

El ogro comía con voracidad y bebía enormes cantidades de vino. Juan lo observaba por el ojo de la cerradura temblando de miedo.

SACIADO su apetito, el ogro le pidió a su esposa que le llevara la gallina de los huevos de oro. La mujer regresó con una gallina parda que colocó sobre la mesa.

–¡Pon! –le ordenó y la gallina puso inmediatamente un huevo de oro. El ogro soltó una risotada de satisfacción que hizo temblar el castillo.

–¡Pon! –gritó nuevamente. Y la gallina puso otro huevo de oro.

Al cabo de un rato, el ogro bajó la gallina al suelo y se quedó profundamente dormido. Juan, sin perder un segundo, cruzó de puntillas la habitación, se apoderó de la gallina y salió huyendo.

Después corrió hacia la mata de frijol y bajó por ella lo más rápido que pudo.

–¡MAMÁ!¡Mamá! –llamó–. Mira esta gallina. ¡Es una gallina mágica!

–¡Al fin podré preparar una deliciosa cena! –exclamó la madre de Juan.

–¡Oh no, mamá! No la puedes cocinar. ¡Pone huevos de oro! dijo Juan mientras la colocaba sobre la mesa.

–Por favor, pon un huevo –le dijo.

La gallina puso inmediatamente un huevo de oro. Juan le contó a su madre la historia del ogro y del hada azul. Al oír esto, la mujer inclinó entristecida la cabeza.

–Es cierto, hijo mío. Tu padre era un valiente caballero.

–Entonces, voy a regresar allá arriba –decidió Juan.

Y antes de que su madre tuviera tiempo de detenerlo, Juan comenzó a trepar nuevamente por la mata de frijol.

JUAN se encontró de nuevo en el castillo y corrió a esconderse.

—Grrrr...,¡huelo a carne humana! —gritó el ogro—. Me encantan los niños asados —dijo a su esposa.

—Pues bien, tú no harás asar uno en esta casa —respondió la mujer—. No he visto a un niño aquí desde hace siglos. Debe ser el olor de cordero asado. Siéntate y te lo traeré inmediatamente.

Juan vio como el ogro devoraba seis corderos. Cuando hubo terminado, pidió cuatro litros de vino que bebió en un santiamén.

Una vez satisfecho su apetito, empezó a contar las monedas de oro que tenía en un saco. Este trabajo le tomo mucho tiempo porque no sabía contar bien. Juan vio otros sacos con monedas que estaban amontonados en el suelo.

El ogro, muy cansado, instaló un arpa de oro frente a él.

–Toca una canción de cuna –le ordenó.

El arpa empezó a tocar la más hermosa melodía que Juan había escuchado en su vida.

CUANDO el ogro comenzó a roncar, Juan salió con mucho cuidado de su escondite, agarró un saco con monedas de oro, el arpa y empezó a correr hacia la mata de frijol.

Pero una sorpresa lo esperaba: el arpa comenzó a gritar:

—¡Auxilio amo, sálveme!

—No grites por favor. No te haré ningún daño —le suplicó Juan.

Pero era demasiado tarde. El ogro se despertó, se levantó de su asiento y de un salto llegó a la puerta. Al descubrir al ladronzuelo, gritó tan fuerte que varios relámpagos rasgaron el cielo.

Juan era muy ligero, pero el ogro con sus zancadas estaba cada vez más cerca y casi lo atrapa, pero por fortuna, tropezó contra una piedra y cayó al suelo cuan largo era.

JUAN se precipitó hacia la mata de frijol y comenzó a bajar apresuradamente por ella. Cuando llegó a su jardín, alzó la vista y se dio cuenta que el ogro se disponía a bajar tras él.

–¡Rápido madre! –gritó Juan– ¡Tráeme el hacha!

SU MADRE corrió hacia él con el hacha en la mano. En el preciso momento en que el ogro asía el tallo, el corte certero de Juan lo hacía desplomar con el pesado ogro aferrado a él.

–¡Apártate, madre! –gritó Juan.

En cosa de segundos, el ogro cayó estrepitosamente al fondo de un barranco perdiendo la vida instantaneamente. Quedó en el aire una gran polvareda y el eco del último rugido del malvado. El larguísimo tallo parecía una enorme serpiente verde reposando en el suelo.

JUAN y su madre no se habían recuperado del susto, cuando apareció delante de ellos el hada azul.

–Eres tan valiente como tu padre –le dijo– y mereces que se te devuelva tu castillo y tus riquezas.

En ese momento el castillo se materializó en el mismo lugar donde antes se encontraba su choza.

El arpa empezó a tocar complacida al reconocer el rostro de la madre de Juan. Los ojos de esta última se iluminaron de felicidad y hasta sus arrugas desaparecieron. Por primera vez en muchos años, pudo sonreír.

Gracias a las monedas y a los huevos de oro, Juan y su madre vivieron en abundancia. Para completar su felicidad, la hermosa música del arpa de oro llenó sus corazones de gozo.

La Cenicienta

Érase una vez, un capitán de navío que vivía con su esposa y su hija. Un día una epidemia se repandió por el campo y la esposa cayó gravemente enferma. Entonces llamó a su hija a su lado.

–Hija, muy pronto dejaré este mundo –dijo con voz débil–. Pero no llores, siempre estaré a tu lado como una paloma sobre tu hombro. Prométeme que nunca perderás la confianza y la fe.

Después de decir estas palabras, besó la mejilla de su hija y murió.

Había pasado un año, cuando el capitán decidió contraer matrimonio con una viuda que tenía dos hijas: Hortensia y Clotilde a quienes trataba como princesas. Pero entre más les daba, más caprichosas y consentidas se volvían, y su manera antipática de ser las hacía ver aún más feas de lo que realmente eran.

LA NUEVA familia de la joven la miraba con envidia pues se daban cuenta lo hermosa que era. ¡Cómo detestaban su belleza y dulzura! Cuando el capitán no estaba, le hacían quitar su fino vestido y sus zapatos y la obligaban a trabajar como criada.

Desde el amanecer hasta el atardecer, tenía que cocinar, limpiar, fregar y, como si fuera poco, tenía que coser los vestidos de sus hermanastras. Además, tampoco le permitían dormir en su lecho, sino en un jergón de paja en la cocina en medio de cenizas. Por eso la llamaban Cenicienta.

A pesar de que era tratada despiadadamente, la joven nunca se quejaba, ni siquiera a su padre en los pocos días del año que él pasaba en casa.

–¡Cenicienta, tráeme el desayuno! –gritaba Hortensia desde su lecho.

–¡Cenicienta, limpia mis zapatos! –ordenaba Clotilde.

Durante todo el día, la pobre Cenicienta cocinaba, limpiaba y fregaba los pisos y cuando llegaba la noche, estaba tan cansada y adolorida que caía rendida en sus harapos.

UN DÍA, la familia recibió una invitación al baile del palacio. El Príncipe quería reunir a todas las jóvenes del reino para elegir a su esposa.

–Debemos lucir nuestros mejores trajes –declaró la madrastra.

–Yo me casaré con el Príncipe –anunció Hortensia.

–¿Tú? ¡Pero si eres horrible! –dijo Clotilde.

Siguieron discutiendo hasta que su madre ordenó que se callaran.

–¡Lo que dicen no tiene sentido! –les dijo–. Van a conocer al Príncipe y estoy segura de que escogerá a una de ustedes dos. La otra vivirá en el palacio, hasta que encuentre otro hombre encantador.

–¡Y Cenicienta vivirá con los ratones en el establo! –exclamaron riendo sus hermanastras.

Cenicienta estuvo más ocupada que de costumbre, alistando todo para el baile. Cosió, bordó los trajes de sus hermanastras, las peinó, planchó las crinolinas y brilló las joyas. Cuando hubo terminado, preguntó a su madrastra si ella también podía ir al baile.

–Supongo que vas a lucir tus andrajos –le dijo con una sonrisa de desprecio.

–¡Oh no! Arreglaré un viejo vestido que tengo –dijo cándidamente Cenicienta–. No será tan hermoso como los de ustedes, pero será un vestido aceptable.

LA MADRASTRA sin decir una palabra, se dirigió hacia la cocina, tomó un saco de lentejas y las arrojó al fogón.

—¡Vendrás con nosotras, Cenicienta, si terminas de recoger todas esas lentejas! —le dijo, y después dejó escapar una cruel carcajada.

Cenicienta se acercó a la ventana y llamó a sus amigos los pajaritos. Todos ellos la querían mucho porque siempre les daba migas en su plato. Entraron por la ventana y le ayudaron a recoger hasta la última lenteja. Cenicienta llevó el saco a su Madrastra.

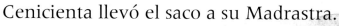

¿Niña, acaso no has entendido cuál es tu lugar en esta familia? –dijo su madrastra–.

Lentejas o no, tú no irás al baile. ¡Eres sucia y miserable! Tu lugar está junto al fogón, no en el baile con las nobles damas.

Sin decir una palabra más, la madrastra y sus dos hijas subieron al carruaje y partieron hacia el baile.

Cenicienta corrió a sentarse junto al fogón y se puso a llorar, pero se acordó de lo que le había dicho su madre.

–No debo estar triste –dijo en voz alta, dirigiéndose a las ardillas y a los pajaritos que se encontraban cerca a la ventana–. Solo que hubiera sido maravilloso escuchar hermosa música y bailar bajo la luz de la luna. Se secó las lágrimas y continuó sus quehaceres.

DE REPENTE, una burbuja de luz azul entró por la ventana y se posó en el piso. Una hada maravillosa apareció frente a Cenicienta. Tenía un rostro sabio y una voz muy dulce.

–Cenicienta, *irás* al baile –le dijo–. La bondad es siempre recompensada. Ahora, ve al jardín y tráeme una calabaza, seis ratones y una rata. ¡Debes darte prisa! –dijo el hada.

Momentos después, Cenicienta regresó del jardín con lo que el hada le había pedido.

El hada golpeó la calabaza dos veces con su barita mágica e inmediatamente ésta rodó hacia afuera donde se convirtió en un magnífico carruaje de cristal. Los seis ratones fueron transformados en briosos caballos blancos y la rata fue convertida en un elegante cochero.

¡AHORA EL VESTIDO! –dijo el hada tocando a Cenicienta con su varita mágica. Inmediatamente la joven se encontró ataviada con un hermoso traje bordado con hilos de plata y oro.

–Una belleza como la tuya no necesita joyas para ser realzada. Llevarás únicamente dos pequeños aretes de diamante –dijo el hada.

Después, ordenó a Cenicienta que se lavara la cara; peinó sus cabellos sosteniéndolos con una rosa y calzó sus pies con dos frágiles zapatillas de cristal.

–¡Gracias! ¡Muchas gracias! –gritó Cenicienta mientras abrazaba a su hada protectora.

–Está bien querida niña. Ahora vete. Pero debes recordar algo importante. Puedes quedarte en el baile hasta la medianoche. Cuando el reloj acabe de tocar las doce campanadas, desaparecerá el encanto; el carruaje volverá a ser una calabaza y tú te encontrarás nuevamente vestida con harapos.

–No lo olvidaré –respondió Cenicienta y se marchó.

LOS INVITADOS al baile no dejaban de hacer comentarios acerca de la misteriosa joven que había llegado tarde y que atraía la atención de todos por su increíble belleza. El más impresionado de todos era el joven Príncipe que se propuso bailar con ella toda la noche.

Hasta las hermanastras de Cenicienta estaban convencidas que se trataba de una princesa venida de un reino lejano.

–Dime quién eres –suplicó el Príncipe a Cenicienta.

–No tiene importancia –respondió la joven con una sonrisa.

BAILARON y se pasearon del brazo toda la noche. El Príncipe se había enamorado perdidamente de Cenicienta.

A media noche, cuando Cenicienta escuchó las campanas que comenzaban a dar la hora, salió corriendo del salón sin tener tiempo de despedirse.

Bajó corriendo las anchas escalinatas del palacio para llegar rápidamente al carruaje. En su apresurada fuga perdió una zapatilla, y como no tenía tiempo para recuperarla, siguió corriendo hasta que se dio cuenta de que estaba nuevamente vestida con harapos y que los ratones y la rata corrían a su lado por el camino de regreso a casa.

EL PRÍNCIPE corrió detrás de la misteriosa joven, pero no la encontró. Sólo pudo ver en el camino a una joven sirvienta.

Al subir las escaleras para regresar al baile, vio la zapatilla de cristal, e inmediatamente la recogió. Acto seguido fue a ver a su padre y le anunció:

—Me casaré con la joven que pueda calzar esta zapatilla. Tengo que encontrarla, padre.

A día siguiente, las hermanastras de Cenicienta hablaron únicamente del baile.

–Si hubieras visto –le dijeron–. Había en el baile la más hermosa y misteriosa joven que jamás se haya visto. El Príncipe sólo tenía ojos para ella.

–Pero fue una verdadera tonta –dijo Hortensia–. Cuando menos se pensó, salió corriendo sin decir una palabra. En su carrera perdió su zapatilla de cristal.

–¡Ahora cada mujer en el reino tendrá la oportunidad de casarse con el Príncipe, porque él ha dicho que se casará con la joven que pueda calzar la zapatilla! –gritó Clotilde–. Eso no será difícil. ¡Es tan sólo una zapatilla!

PERO RESULTÓ ser muy difícil. El Príncipe llevó personalmente la zapatilla de cristal a todas y cada una de las casas del reino.

Pero después de tres días de búsqueda, no había encontrado ninguna joven que pudiera calzarla.

Las mujeres estaban tan desesperadas por poderla calzar, que hasta llegó a saberse que ¡algunas de ellas se habían cortado los dedos de los pies! El Príncipe estaba aterrado al saber que se estaban cometiendo actos tan desesperados, que llegó a pensar en suspender la búsqueda.

Finalmente, el Príncipe llegó a la casa de Cenicienta.

–¡Esa es mi zapatilla! –exclamó Hortensia tan pronto vio al Príncipe entrar en la casa. Agarró la zapatilla y trató de forzarla en su pie. Pero le hacía tanto mal que empezó a gritar y tuvo que sacársela inmediatamente.

–Después Clotilde hizo todo lo posible para que su pie entrara en la zapatilla, pero el dolor era insoportable.

–¿Puedo ensayar? –preguntó Cenicienta.

–No le hagas perder tiempo a Su Alteza –dijo la madrastra.

—QUIERO que ella también ensaye —dijo calmadamente el Príncipe mientras le entregaba la zapatilla a Cenicienta. Ésta, con manos temblorosas, la deslizó suavemente en su pie.

Ante la mirada atónita de todos Cenicienta calzó la zapatilla ¡le quedaba como un guante! El Príncipe la miró fijamente a los ojos y la reconoció en el acto. Ella sonrió tímidamente. Al instante, sus hermanastras gritaron:

—¡Es sólo una coincidencia, Su Alteza. Ella no asistió al baile esa noche!

—¡Sí, yo estaba allí. Aquí tengo la otra zapatilla —dijo suavemente Cenicienta, sacándola del bolsillo de su delantal. El Príncipe la deslizó en el otro pie de Cenicienta. Después, tomó su mano y la besó.

EL PRÍNCIPE la llevó hasta el castillo en su hermoso caballo blanco y una semana después se celebró la boda. La familia de Cenicienta le suplicó su perdón y ella se lo concedió con alegría.

Durante la boda, una paloma blanca como la nieve vino a posarse sobre el hombro de Cenicienta.

—Tu madre quiere que sepas que tú y tu esposo vivirán felices para siempre —susurró.

¡Y así fue!

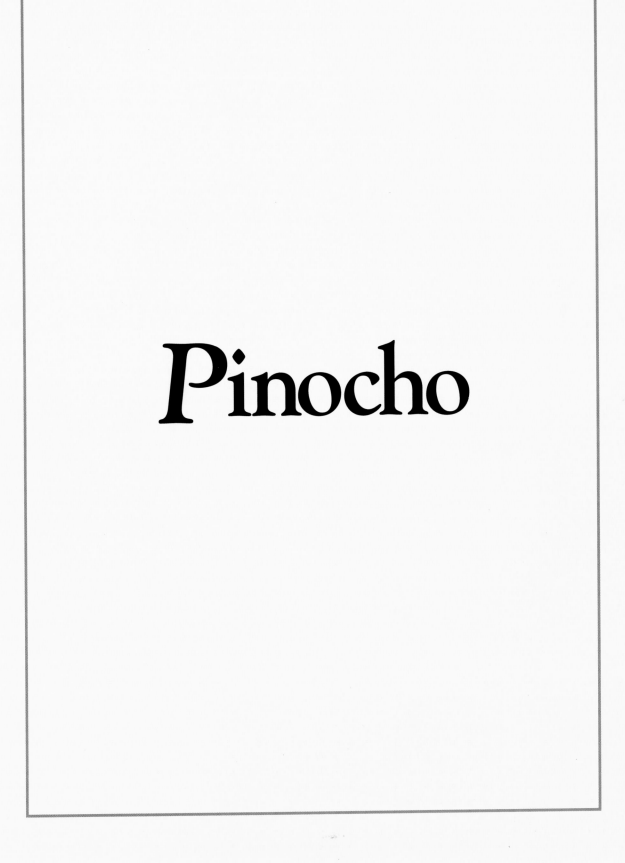

Pinocho

ÉRASE UNA vez un zapatero llamado Geppetto. Un día su vecino el carpintero lo llamó:

–¡Geppetto! ¡Ven a ver este trozo de madera! ¡Es increíble! ¡Cuando trato de cortarlo, habla!

–Dámelo, –dijo el zapatero–, haré una marioneta con él. La llamaré Pinocho.

Geppetto se puso inmediatamente a trabajar. Talló los ojos y la nariz. Pero, curiosamente, la nariz empezó a crecer y cuanto más la cortaba tanto más larga se hacía. Finalmente, la nariz paró de crecer, pero quedó más grande que lo normal.

Cuando Geppetto estaba tallando la boca, el trozo de madera comenzó a gritar: ¡Ay! ¡Me haces daño!

Una vez que Geppetto hubo hecho las manos, el muñeco le arrancó el bisoñé.

–¡Aún no estás terminado y ya le faltas al respeto a tu padre! –exclamó Geppetto.

CUANDO las piernas de Pinocho estuvieron terminadas, Geppetto quiso enseñarle a caminar. Pero cuando menos pensó, Pinocho abrió la puerta y se escapó corriendo.

El pobre Geppetto corría tras él pero no lograba darle alcance. Pedía auxilio pero nadie iba en su ayuda. Por el contrario, todos se burlaban del pobre zapatero.

Finalmente, un gendarme atrapó la marioneta fugitiva y se la entregó a Geppetto.

MERECES que te dé un buen tirón de orejas –le dijo Geppetto muy enojado.

–Por favor papá no te enojes conmigo, –suplicó Pinocho atemorizado ante la presencia del gendarme.

–Vamos a casa pequeño, –dijo Geppetto con una sonrisa–. Voy a hacerte algo de ropa.

Muy pronto la marioneta estaba vestida con un lindo vestido de papel rojo y un pequeño sombrero blanco. Al verse vestido así Pinocho dijo:

–¡Parezco un niño de verdad!

–Tal vez un día puedas llegar a serlo. Pero debes saber que los niños deben ser educados, respetuosos con sus padres e ir a la escuela.

DE ACUERDO –respondió Pinocho–. A partir de mañana iré a la escuela. Aprenderé mucho y te ayudaré en tu vejez.

–Sería maravilloso. Pero no tengo con qué comprarte los libros, –dijo Geppetto conmovido.

Pinocho se entristeció tanto que Geppetto se puso de pie, tomó su abrigo y salió de casa. La nieve comenzaba a caer.

Geppetto regresó una hora más tarde llevando consigo un libro nuevo, pero no llevaba el abrigo.

–¿Dónde está tu abrigo papá? –preguntó Pinocho.

–Lo vendí –contestó Geppetto–. Me abrigaba demasiado. Pero mira, te compré un libro para que vayas a la escuela.

–Muchas gracias, –dijo Pinocho abrazándose al cuello de su padre.

Aʟ ᴅíᴀ siguiente, Pinocho se dirigió muy contento a la escuela. "Aprenderé mucho. Voy a instruirme y así podré comprarle a mi padre un abrigo nuevo", pensaba Pinocho.

Sus reflexiones fueron interrumpidas por el sonido de una banda de música. Se dirigió hacia donde ésta se encontraba y vio que comenzaba un espectáculo de marionetas.

¡Voy a ver de qué se trata! –dijo Pinocho olvidándose de la escuela.

Pero cuando se disponía a entrar, el portero lo detuvo diciéndole:

–Necesitas cinco monedas para entrar.

Pinocho se fue corriendo hacia la tienda más cercana, vendió su libro nuevo y compró un billete para ver el espectáculo.

CUANDO entró al teatro vio marionetas de todos los tamaños que danzaban en el escenario. Arlequín, una de ellas, al ver entrar a Pinocho gritó:

–¡Hola amigo! ¡Ven a bailar con nosotros!

Pinocho subió, pero como no sabía bailar, el público comenzó a protestar por tanta confusión y a llamar al director del espectáculo.

Un hombre gigantesco, con ojos que brillaban como el fuego, subió al escenario. Estaba furioso. Tenía una gran melena gris que lo hacía parecerse a un león y una voz semejante a un rugido.

¡HAS ARRUINADO mi espectáculo! –gritó a Pinocho mientras las otras marionetas temblaban de miedo–. Cuando termine la función, tú y yo ajustaremos cuentas.

Esa noche, cumpliendo a su palabra, el director llamó a Arlequín.

–Tráeme a Pinocho. Está hecho de madera seca y yo necesito fuego para calentarme.

–¡No, por favor! –suplicó Arlequín.

–¡Tráelo aquí inmediatamente! –ordenó.

Entonces, Pinocho fue conducido ante el director quien le reveló sus intenciones.

–¡Padre mío, sálvame! ¡No quiero morir! –gritó Pinocho.

–¿Así que tienes un padre? –preguntó el hombre.

Sí, SE LLAMA Geppetto y lo hecho mucho de menos –dijo Pinocho arrepentido por haber faltado a la escuela.

–Está bien. Te has salvado porque tienes familia. Quemaré a Arlequín en tu lugar ya que él no tiene a nadie, –dijo el director.

–¡No, por favor! –gritó Pinocho poniéndose delante de su nuevo amigo–. ¿Acaso no era a mí a quién quería quemar?

El director se sintió tan conmovido por la valentía y lealtad de Pinocho que decidió no quemar a ninguno de los dos.

–Regresa a casa con tu padre y compórtate como un buen hijo, –le dijo devolviéndole las cinco monedas.

Pinocho muy contento dejó el teatro de marionetas, no sin antes darle las gracias al director y despedirse de Arlequín.

D<small>E VUELTA</small> a casa, Pinocho encontró dos extraños personajes: un zorro cojo y un gato medio ciego.

–Buenos días Pinocho.

–¿Cómo saben mi nombre? –preguntó.

–Somos amigos de tu padre. Lo vimos hace algunos momentos, te estaba buscando. Estaba temblando de frío pero no se lamentaba.

–Es mi culpa –dijo Pinocho–. Vendió su único abrigo por mí. Tengo que darme prisa y llevarle estas cinco monedas de oro para que pueda comprarse uno nuevo.

¿Dijiste cinco monedas de oro? –preguntó el zorro.

–Sí, cinco –contestó Pinocho orgulloso.

–¿No te gustaría llevarle cientos de monedas? –preguntó el zorro.

–¿Sería posible? –preguntó Pinocho.

–Nosotros podríamos llevarte a un lugar secreto, un campo mágico –explicó el gato–. Si siembras tus monedas de oro antes de medianoche, éstas crecerán hasta convertirse en inmensos árboles de monedas.

PINOCHO creyó la historia de los dos bribones y los siguió hasta una posada.

—Comeremos y descansaremos un poco. A medianoche, nos encontraremos en la puerta —dijo el zorro.

A la hora convenida, Pinocho salió a esperarlos pero no había señal de ellos.

—Tus amigos se han marchado, —dijo el posadero— y tú debes pagar la cuenta.

Pinocho no tuvo más remedio que entregarle una moneda de oro. Tomó el camino de regreso a casa, triste y acongojado.

De improviso, fue asaltado por dos bandidos enmascarados.

—¡La bolsa o la vida! —gritó una voz que se parecía extrañamente a la del zorro.

Pinocho tenía mucho miedo, pero no dijo nada pues había escondido sus últimas monedas bajo la lengua. Los dos bandidos lo amenazaban, pero Pinocho se negaba a decirles dónde tenía el dinero.

LOS BANDIDOS le pusieron una soga al cuello y, como Pinocho se negaba a hablar, lo colgaron en un árbol.

–¡Te dejaremos colgado hasta que te decidas a hablar! Regresaremos muy pronto a ver si has cambiado de idea –dijeron los bandidos mientras se alejaban.

Muy acongojado Pinocho pensaba en Geppetto.

–¡Auxilio! Por favor ¿hay alguien que pueda ayudarme? –imploraba.

El Hada Azul, que vivía en un castillo cerca de allí, escuchó la súplica del pobre Pinocho. Entonces envió un halcón y un perro para que lo rescataran. Entre los dos lo bajaron del árbol, rompieron la cuerda y lo transportaron al castillo donde lo acostaron en una gran cama de plumas.

EL HADA Azul llamó a consulta a tres médicos quienes dieron a beber a Pinocho un medicamento muy amargo.

El Hada, acariciando al muñeco, le pidió que le contara lo sucedido. Pinocho inició su relato y cuando ella le preguntó dónde estaban la monedas, le contestó que las había perdido.

–¿Estás seguro que las has perdido? –preguntó el Hada.

Pinocho así lo aseguró, aunque las tenía guardadas en su bolsillo. En ese momento su nariz empezó a crecer y crecer y entre más mentía con relación a las monedas, más crecía. El hada sonriendo le dijo:

–¡Has mentido! ¡Fíjate como se alarga tu nariz!

Muerto de vergüenza, Pinocho rompió a llorar.

–Seca tu lágrimas, –dijo el Hada. Después, dando dos palmadas llamó unos pájaros que se pusieron a tallar la nariz de Pinocho hasta que quedó casi como antes.

YA LO SABES; no digas mentiras si no quieres que tu nariz crezca. Prométeme que serás un buen niño –dijo el Hada–. Acuérdate que no estaré siempre a tu lado para ayudarte.

Le entregó otras monedas de oro para que le llevara a su padre.

Pinocho, agradecido, la abrazó y se marchó. En el camino se encontró con el zorro y el gato.

–¿Dónde estaban? Tuve que pagar al posadero por la comida y el hospedaje –dijo Pinocho.

–Que extraño. El posadero nos dijo que te habías ido porque estabas enfermo, –respondió el gato.

–Pues mintió. Cuando fui a buscarlos no los encontré. Después fui asaltado por dos bandidos. Afortunadamente mi dinero está bien seguro, –dijo Pinocho sin pensar.

–Entonces, ven con nosotros al campo mágico –dijo presuroso el zorro.

PINOCHO se dejó convencer de nuevo por el zorro y el gato. Cuando llegaron al campo, los dos bandidos le explicaron cómo sembrar y rociar las monedas.

–En veinte minutos crecerá un árbol –dijo el zorro–. Pero tú no debes verlo crecer. Ven con nosotros al pueblo. Regresarás más tarde.

Antes de separarse de ellos les agradeció su gran generosidad.

–Estamos tan contentos de poder enseñar a alguien como hacer multiplicar su dinero sin mucho esfuerzo –ronroneó el gato–. Hasta la próxima querido Pinocho.

Pinocho esperó una hora antes de volver al campo mágico. Quería estar seguro que el árbol había tenido suficiente tiempo para crecer. La luna se ocultaba y era muy difícil ver en la noche. Pinocho buscaba pero ningún árbol había crecido.

Sin embargo, pudo ver que la tierra había sido removida y las monedas habían desaparecido.

–¡Me han robado! ¡El zorro y el gato se llevaron todo! –exclamó Pinocho llorando.

¡Se sentía tan solo y desdichado!

PINOCHO regresó a casa desconsolado y le contó a Geppetto todo lo sucedido.

—Estoy tan feliz de verte sano y salvo, —le dijo su padre tomándolo en sus brazos.

Pinocho empezó a ir a la escuela y fue un buen alumno durante algunas semanas. Pero un día, un compañero de clase llamado Carlo le dijo:

—¿Por qué no vienes conmigo al País de los Juguetes donde nunca se estudia y siempre se juega? Además ¡podremos comer todas las golosinas que queramos!

—No te creo —dijo Pinocho.

—Bueno, si quieres puedes verlo con tus propios ojos. Nos encontraremos a medianoche en la esquina, —insistió Carlo.

PINOCHO, dejándose llevar por su curiosidad, cedió. A medianoche, llegó al pueblo un carruaje conducido por un cochero y lleno de niños.

–¡Vamos al País de los Juguetes! –invitaban.

Carlo subió y tendió su mano a Pinocho. Durante una fracción de segundo, Pinocho dudó, pero rápidamente, olvidando las promesas que había hecho al Hada Azul y a Geppetto, subió.

El carruaje iba tirado por ocho asnos calzados con botas blancas. Esto extrañó a Pinocho quien se asomó por la ventana para ver mejor. Así pudo ver que unos de los asnos lloraba amargamente.

–¿Por qué está llorando ese asno? –preguntó Pinocho al cochero.

–No te preocupes, hijo mío. Es porque tiene envidia al ver que tú te diviertes mientras él trabaja.

AL LLEGAR al País de los Juguetes, Pinocho y Carlo se dieron cuenta de que era aún más maravilloso de lo que habían imaginado.

Había carruseles, aros, caballitos de madera y toda clase de juguetes. Cientos de niños corrían de un lugar a otro jugando y divirtiéndose.

—¡Esto es vida! —dijo Pinocho satisfecho.

—Aquí está prohibido pronunciar la palabra 'escuela', si lo hacemos nos echan fuera —advirtió Carlo.

DURANTE dos semanas, Pinocho y Carlo no hicieron sino jugar, y para colmo de la felicidad, ¡Carlo no estaba obligado a lavarse!

Pero una mañana, al despertar, Pinocho tuvo una desagradable sorpresa. ¡Durante la noche le habían crecido un par de orejas peludas! Salió corriendo en busca de Carlo.

–¡Oh, no! ¡A ti también! gritó Pinocho al ver que su amigo también tenía orejas de asno.

Se miraron un instante y se echaron a reír.

–¡Nos vemos tan ridículos! –exclamó Carlo.

De pronto, palideció y comenzó a tambalearse.

–¡Ayúdame Pinocho! ¡No puedo enderezarme!

Pero el pobre Pinocho tampoco podía. Los dos amigos se habían transformado en asnos.

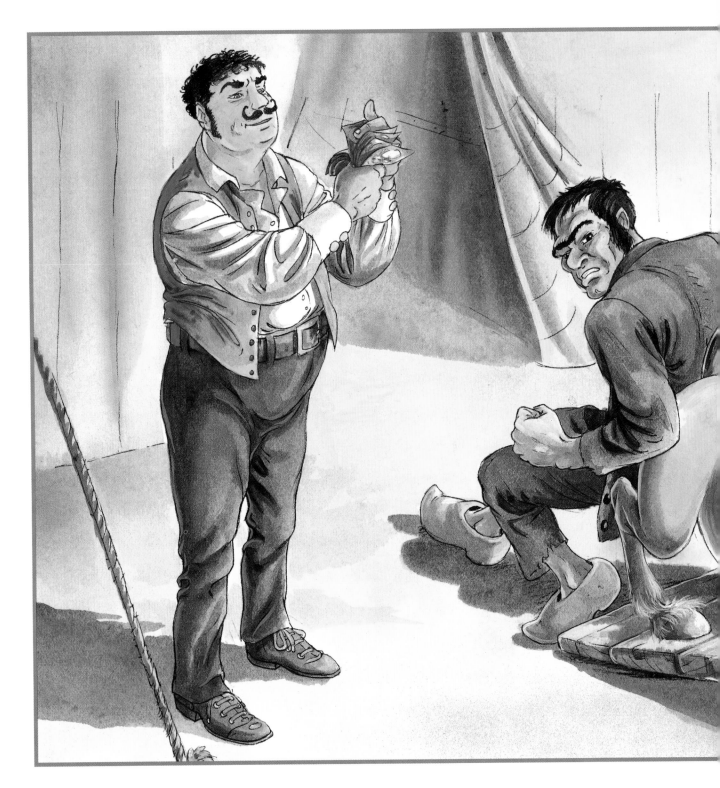

PINOCHO y Carlo se echaron a llorar, pero al sollozar, en lugar de quejidos les salían rebuznos.

–¡Dos nuevos asnos! –dijo el cochero del carruaje que los había conducido hasta allí–. Venderé a Carlo a un aldeano y a Pinocho al dueño del circo.

Pinocho comenzó a ser amaestrado para saltar a través del aro encendido. Aunque estuviera muy cansado para saltar, estaba obligado a hacerlo, pues el dueño lo fustigaba a latigazos.

Un día, al saltar, perdió el equilibrio, cayó y quedó cojo.

COMO NO podía saltar más, el director del circo lo vendió a un hombre que quería utilizar su piel para fabricar un tambor.

Su nuevo amo le colocó una soga alrededor del cuello y lo condujo hasta la orilla del mar. Pinocho lloró durante todo el trayecto. Una vez allí le dio un empujón y lo tiró al agua. Luego, se sentó a esperar a que el asno se ahogara.

Pinocho luchaba con todas sus fuerzas en el agua mientras invocaba al Hada Azul, aunque sabía que no merecía su ayuda.

El Hada escuchó la súplica de Pinocho e inmediatamente envió un banco de peces a rescatarlo. Muy pronto, el asno desapareció y Pinocho se convirtió de nuevo en marioneta.

Pero el hombre, que quería la piel del asno, se llenó de furia cuando al tirar su cuerda se encontró con ¡una marioneta!

¡HE PAGADO veinte monedas de oro por ti! –gritó el hombre enfurecido–. Ahora tendré que venderte a precio de leña.

Viendo que no había otra forma de escaparse, Pinocho saltó de nuevo al agua.

Se alejó de la orilla nadando lo más rápido que podía.

Pronto sólo fue un punto en medio del mar. Las olas eran tan altas que no pudo ver una enorme ballena que se le acercaba.

MUERTO de miedo, vio la inmensa boca que lo quería engullir e intentó huir nadando desesperadamente, pero fue en vano.

De golpe la boca del animal se cerró sobre él y Pinocho sintió que se deslizaba hacia el estómago del animal.

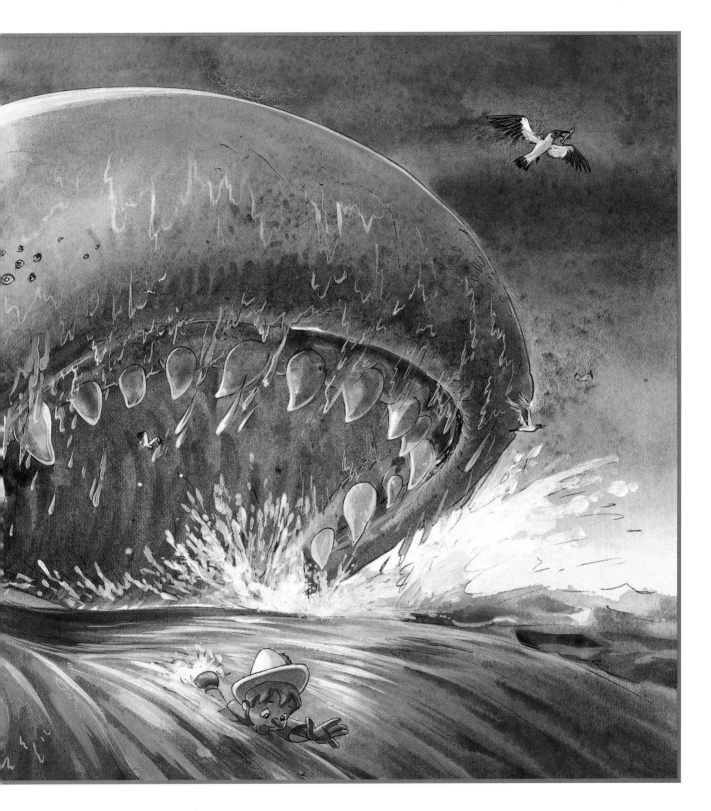

El vientre de la ballena era tan grande, que Pinocho tenía la impresión de estar dentro de una inmensa caverna. Por todas partes había trozos de madera, cuerdas y anclas de barcos que la ballena se había tragado.

DE REPENTE vio una luz que brillaba cerca de la cola y se dirigió sigilosamente hacia allí.

Sentado, escribiendo a la luz de una vela, se encontraba Geppetto.

—¡Papá! ¿Qué haces aquí? —gritó Pinocho.

¡Pinocho, hijo mío! ¿Eres tú? –exclamó emocionado Geppetto.

–¡Nunca más me alejaré de ti! –dijo Pinocho llorando mientras abrazaba a su padre.

–¿Qué sucedió? ¿Cómo llegaste aquí?

TE HE BUSCADO por todas partes, por tierra y mar –le explicó Geppetto–. Una tempestad hizo zozobrar mi barca y, después, la ballena me engulló. Pero por suerte también engulló los restos de otras naves hundidas durante la tempestad y así pude encontrar comida y todo lo necesario para sobrevivir.

–Tenemos que salir de aquí, papá, –dijo Pinocho–. Caminemos hacia la boca de la ballena y cuando ésta la abra, saltaremos al agua.

–¡Pero yo no se nadar! –dijo Geppetto–. Sálvate tú hijo mío y déjame aquí.

–Te llevaré a cuestas. Ya verás.

Caminaron con mucha cautela para no hacerle cosquillas en la garganta a la ballena. Llegaron a los dientes y esperaron a que el animal abriera la boca. En ese momento Pinocho se lanzó al agua con su padre a cuestas.

A pesar de estar muy fatigado, Pinocho nadaba con todas fuerzas hasta que, finalmente, llegó a tierra firme. Geppetto estaba muy débil y muerto de frío.

Con dificultad, Pinocho logró llevar a su padre a casa y meterlo en la cama. Pero no había nada para comer.

PINOCHO, decidido, salió en busca de trabajo. Finalmente, encontró un granjero que aceptó emplearlo.

–Mi asno está cojo. Si le das vueltas a la noria del molino durante medio día, podrás llevarte la leche que quieras.

Así cada tarde, Pinocho le llevaba a su padre un gran vaso de leche caliente. Luego se instalaba cerca del lecho de Geppetto y fabricaba canastos y cestas de mimbre que luego vendía en el mercado. Con este dinero compraba comida para su padre.

–¿Te sientes mejor papá? –le preguntaba Pinocho.

–Sí, gracias a ti hijo mío. Me siento tan bien como puede sentirse un viejo como yo –contestaba suavemente Geppetto.

UN DÍA, el halcón del castillo del Hada Azul vino en búsqueda de Pinocho.

—El Hada Azul está enferma y no tiene con qué comprar las medicinas —le dijo entristecido.

—¡Mi pobre Hada! —exclamó Pinocho—. Yo puedo ayudarla. He ahorrado algunas monedas. Llévaselas y regresa cada día a buscar más hasta que ella se recupere.

—Gracias, Pinocho, —le dijo el halcón antes de emprender el vuelo.

Pinocho comenzó a trabajar aún más temprano donde el granjero, y hasta la medianoche tejiendo sus cestas. Pero se sentía feliz de trabajar. Al fin podía ayudar a sus benefactores.

De esta manera continuó enviando dinero al Hada Azul y cuidando a su padre.

UNA NOCHE, mientras dormía, Pinocho soñó con el Hada Azul.

–Querido niño, tu bondad será recompensada –le decía esta última–. Voy a hacerte un regalo.

Cuando Pinocho se despertó, se miró en el espejo y vio otra imagen. ¡Se había convertido en un verdadero niño de cabellos castaños y ojos azules! ¡Además, su nariz era de tamaño normal!

PADRE, mírame! –gritaba incrédulo.

Geppetto también había cambiado. Ahora era joven y fuerte. Se sentía tan lleno de energía, que levantó a Pinocho sin ningún esfuerzo y lo abrazó.

–¡Hijo mío! ¡Hijo mío! ¿Ves como tus esfuerzos han sido recompensados?

–¿Dónde está el Pinocho de madera? –preguntó el niño.

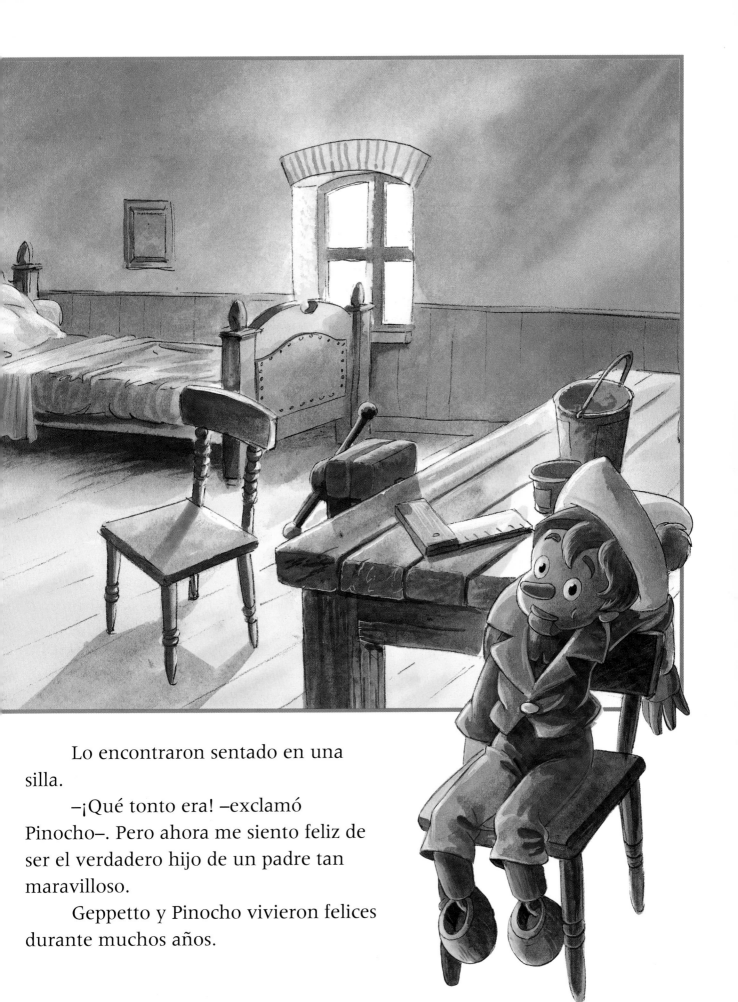

Lo encontraron sentado en una silla.

–¡Qué tonto era! –exclamó Pinocho–. Pero ahora me siento feliz de ser el verdadero hijo de un padre tan maravilloso.

Geppetto y Pinocho vivieron felices durante muchos años.

LA
SIRENITA

ÉRASE UNA vez, una sirenita llamada Coralina que vivía en el fondo del mar en compañía de sus tres hermanas y de su padre, el Rey del Océano. Habitaban un espléndido palacio hecho de coral, conchas y perlas donde las sirenitas jugaban y se divertían con los peces y los caballitos marinos.

Coralina era muy hermosa y poseía una voz maravillosa. Cuando cantaba, inclusive las medusas que siempre ignoraban a las sirenas, se detenían para oírla cantar.

Aunque Coralina vivía muy feliz en su universo, soñaba con subir a la superficie y ver el cielo.

–Quiero ver el sol, las estrellas y la luna –le dijo un día a su padre–, y muy especialmente quiero ver a los humanos. ¡Qué vidas tan interesantes llevarán!

–Todavía eres demasiado joven. Según nuestra tradición, cuando cumplas quince años podrás ir a la superficie y ver todas esas maravillas –le respondió su padre.

CORALINA esperaba con impaciencia tan anhelado día. Ansiosa veía que cuando cada una de sus hermanas cumplía quince años era autorizada a subir a la superficie.

–Dime cómo es allá arriba –preguntaba Coralina.

Sus hermanas le contaban acerca de las rocas negras y del calor del sol.

–También vimos gaviotas. Pero su canto es muy triste porque ven con frecuencia los marineros ahogarse.

Por fin llegó el día tan esperado. La noche anterior Coralina no consiguió dormir.

Subió rápidamente y emergió a la superficie con una sonrisa en los labios. Coralina nunca había visto algo tan maravilloso. Pudo contemplar las olas espumosas y el sol brillante. Se sentó sobre una roca para admirar la playa y las esbeltas palmeras que se agitaban suavemente mecidas por el viento. La brisa era suave y fresca.

EL SOL YA se había puesto en el horizonte, cuando un navío apareció a lo lejos. Los marinos echaron el ancla y Coralina se acercó para escuchar lo que decía la tripulación.

—¡Feliz cumpleaños, Su Alteza! —aclamaban los marineros a un joven príncipe que era el capitán del navío. Coralina, extasiada, había descubierto al joven a quien iba dirigido aquel alborozo. Ella quiso también felicitarlo, pero como sabía que los humanos tienen miedo a las sirenas, no lo hizo.

La fiesta seguía a bordo. Pequeñas linternas rojas, azules y amarillas titilaban a todo lo largo del navío. Una multitud de fuegos artificiales resplandecía en el cielo iluminando la noche con lluvia de colores y todos en el barco se veían muy animados.

Sorpresivamente, el cielo se cubrió de negro y el mar se encrespó. Una terrible borrasca sorprendió a la desprevenida tripulación.

¡CUIDADO! ¡El mar! –gritó Coralina, pero su grito de alerta no fue escuchado. Las olas, cada vez más altas, sacudieron con fuerza el navío. Toda la tripulación, incluyendo el Príncipe, fueron arrojados al mar.

Coralina, sin pensarlo dos veces, se hundió en el agua y nadó lo más rápidamente posible hacia el Príncipe. El joven estaba inconsciente, ella lo tomó por el mentón para sostenerlo y mantenerle la cabeza fuera del agua hasta que la tempestad amainó.

Al alba, Coralina extenuada, llevó al Príncipe hasta la playa y lo cubrió con su larga cabellera para calentarlo. Acariciándole la frente, le cantaba dulces canciones, esperando que despertara.

DE PRONTO, una hermosa dama
apareció en la playa, al ver que
se aproximaba, Coralina se lanzó al
mar y se escondió tras una roca.

–¡Andrés! –llamó la dama al
ver al Príncipe–. ¡Creímos que te
habíamos perdido para siempre!

El Príncipe abrió los ojos y la
voz de Coralina resonaba todavía en
sus oídos.

–¡Gracias por haberme salvado!
Además, tienes la voz más hermosa
que jamás he escuchado.

–No fui yo quien te salvó.
Seguramente fueron las olas que te
trajeron hasta la playa –contestó la
hermosa dama–. Sin embargo, me
siento muy feliz de haberte
encontrado. Déjame ayudarte a
llegar al castillo. Tu familia se sentirá
muy contenta de verte sano y salvo.

La dama y el Príncipe se
alejaron en dirección del castillo.

Sin hacer ruido, Coralina nadó
hacia el mar abierto.

Carolina estaba perdidamente enamorada del Príncipe y lloraba amargamente pues sabía que su amor por él era imposible.

–¿Dónde has estado, Coralina? ¿Qué has estado haciendo allá arriba? –preguntaron sus hermanas.

Sin responder, Coralina fue a refugiarse en su alcoba. Durante tres días no quiso comer. Se sentía tan desdichada que era incapaz de hablar.

–¿Por qué lloras día y noche, hija mía? – le preguntó el Rey inquieto.

–Oh, padre, perdóname, pero quisiera transformarme en un ser humano –le respondió Coralina–. Estoy enamorada de un joven y quisiera vivir a su lado.

–El mundo de los humanos no es el nuestro –le explicó su padre.

–¡No me importa! –respondió Coralina–. Quiero ir a reunirme con él.

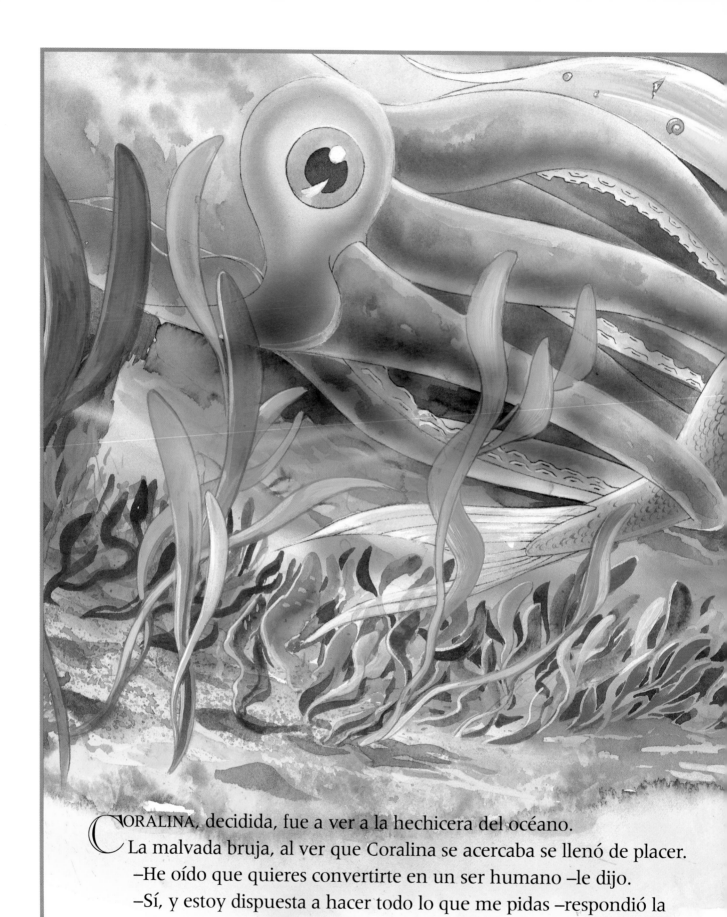

CORALINA, decidida, fue a ver a la hechicera del océano.
La malvada bruja, al ver que Coralina se acercaba se llenó de placer.

—He oído que quieres convertirte en un ser humano —le dijo.

—Sí, y estoy dispuesta a hacer todo lo que me pidas —respondió la sirenita.

    ¿Estás dispuesta a soportar el dolor de ser cortada en dos? –preguntó la hechicera–. Es exactamente lo que sentirás al cambiar tu cola por dos piernas.

    –No me importa –respondió Coralina–. Soportaré cualquier dolor si puedo caminar en tierra firme.

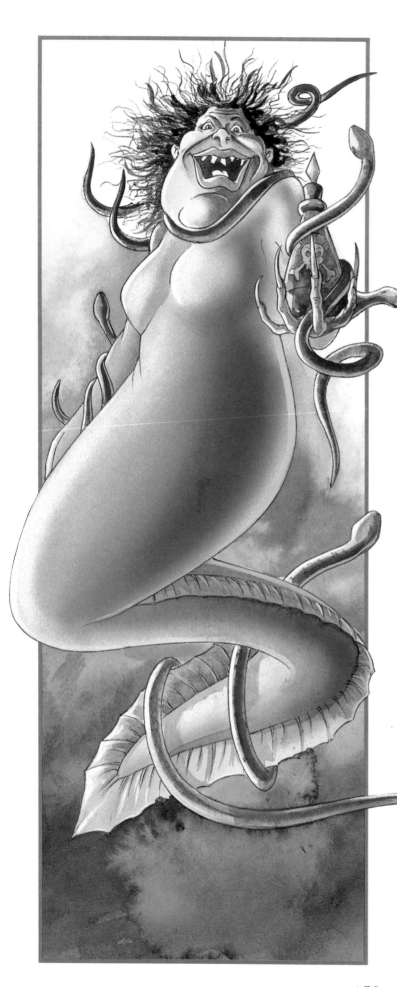

ACAMBIO de tus piernas, deberás darme tu hermosa voz. Te quedarás muda para siempre –le advirtió la hechicera–. Además, si tu Príncipe encantado decide casarse con otra, tu cuerpo desaparecerá en el agua como la espuma de una ola.

Coralina asintió con la cabeza. Su corazón estaba lleno de esperanza, pero la aterrorizaba la idea de nunca más poder hablar. Partió entonces llevando consigo el frasco que contenía la negra poción que le había dado la hechicera.

Coralina se despidió de sus hermanas, de su padre, de sus compañeros de juego, los caballitos de mar, y del maravilloso paisaje acuático que había sido hasta ahora su morada. Luego nadó hasta la playa más próxima al castillo del Príncipe y bebió la poción mágica.

Inmediatamente, un fuerte dolor se apoderó de ella y perdió el conocimiento.

ESTA VEZ, fue el príncipe Andrés quién rescató a Coralina. Se encontraba paseando por la playa cuando vio una hermosa joven vestida con un traje de escamas. Cuando se inclinó sobre ella, Coralina abrió los ojos y su rostro se iluminó de alegría.

El Príncipe la ayudó a levantarse y la llevó hasta el castillo. Mientras caminaba del brazo del apuesto joven, Coralina se dio cuenta que la gente la señalaba y que todos parecían sorprendidos al verla. Algunos le hicieron preguntas, pero ella no podía responder pues había perdido su voz. Se contentaba con sonreír y continuaba caminando del brazo del Príncipe.

CADA PASO que daba era un tormento para Coralina, pero ella, muy valiente, continuaba.

–¿Has visto su vestido? –murmuraban las damas de la corte–. ¿En que material está fabricado? Y sus cabellos caen ondulados hasta sus tobillos... podría enredarse en ellos y caer...

–Tiene un aire un poco exótico –comentó una dama con desdén–, ¡y lleva conchas marinas en el pelo!

Coralina, que despertaba la curiosidad de la gente, fue objeto de muchos rumores.

EL PRÍNCIPE Andrés la invitó a quedarse en el castillo todo el tiempo que ella deseara. La corte acabó por acostumbrarse a sus extrañas maneras como aquella de comer ensalada de algas de mar con los dedos.

Las semanas pasaron y Coralina era feliz al lado del príncipe
Andrés. El joven era muy amable con ella y la trataba como si fuera su
hermana menor. Sin embargo, el corazón del Príncipe estaba lejos de
allí.

UNA NOCHE el Príncipe dijo a Coralina:

—Hace poco tiempo, una hermosa dama me rescató del mar después del naufragio. Su rostro fue lo primero que vi cuando volví en sí. Desde entonces no la he visto porque tuvo que partir de inmediato a su país. Pero no puedo apartarla de mi mente.

Esa noche, Coralina salió del castillo sin hacer ruido para ir a escuchar el sonido del océano y ver las olas bajo la pálida luz de la luna. Triste y solitaria lloró amargamente. Sabía que el Príncipe no se casaría nunca con ella a pesar de todo el amor que sentía por él.

"Me quedaré a su lado todo el tiempo que me sea posible", decidió aunque sabía que cuando el Príncipe se casara, ella moriría.

Un día, la hermosa dama llegó de nuevo al palacio en visita real. Era evidente que ella amaba al Príncipe tanto como él la amaba.

—Clarisa, te presento mi encantadora hermana menor, una extraña personita que no puede hablar —dijo el Príncipe—. Es nuestro deber cuidarla siempre.

UNA MAÑANA, las campanas fueron lanzadas al vuelo en todo el reino para anunciar la boda del príncipe Andrés con la hermosa Clarisa. Incapaz de soportar la pena de perder a su amado, Coralina simuló que estaba enferma y se quedó en cama.

Pero su curiosidad fue más fuerte y decidió asistir a la fiesta que se celebraba en el nuevo barco del Príncipe.

Todos estaban felices. Sin embargo, cuando Andrés invitó a Coralina a bailar, se dio cuenta de que ella estaba preocupada.

–¿Qué te sucede hermanita? –le preguntó alarmado.

Coralina movió la cabeza queriendo decir: "Nada. Todo está bien." y sonrió mientras el Príncipe le devolvía una encantadora sonrisa.

Más tarde, cuando nadie lo notó, Coralina subió en una barca y se alejó del navío.

DE REPENTE, Coralina escuchó a lo lejos las voces de sus hermanas que la llamaban.

Remó con todas sus fuerzas y fue a encontrarse con ellas. Las cuatro hermanas se abrazaron y lloraron de felicidad.

–¡Vinimos a salvarte! –le dijeron–. Mira este puñal mágico que hemos obtenido de la hechicera a cambio de nuestros cabellos. ¡Tómalo y, antes de que amanezca mata al Príncipe! Si lo haces, volverás a ser una sirena como antes y podrás regresar a casa con nosotras.

Coralina recibió el puñal, aunque sabía que sería incapaz de utilizarlo, y se despidió de sus hermanas. Esperó hasta media noche y entró al camarote donde dormía la joven pareja.

El Príncipe y Clarisa dormían abrazados. Coralina llena de ternura por ellos los besó en la frente y salió sin hacer ruido.

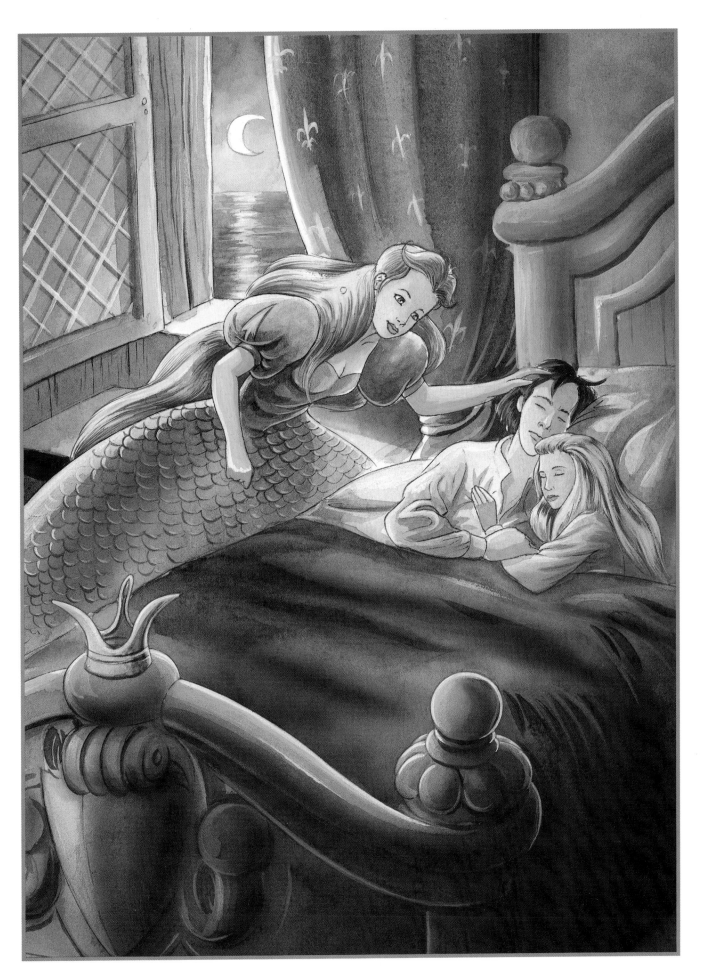

AL LLEGAR la madrugada, Coralina arrojó el puñal al mar, dio una última mirada al mundo de los mortales y se lanzó al agua.

De repente, sintió que era rescatada de las aguas y que flotaba en el aire. Hermosas hadas, ornadas con delicadas alas, la rodeaban.

—Somos las hadas del aire —le dijeron—. Nuestro deber es ayudar a los seres humanos y acoger a quienes hayan demostrado buena voluntad hacia ellos.

Coralina, conmovida, miró hacia abajo y vio el barco del Príncipe. Sus ojos se llenaron de lágrimas de amor.

—Ven, Coralina —dijeron las hadas del aire—. Las flores esperan que nuestras lágrimas se transformen en rocío de la mañana.

Coralina voló en compañía de las Hadas y vive todavía para ayudar a todos aquellos que poseen un corazón noble.

Blanca Nieves

ÉRASE una vez una hermosa reina que deseaba ardientemente la llegada de una niña. Un día que se encontraba sentada junto a la ventana bordando en su aro de ébano, se picó el dedo con la aguja, y pequeñas gotas de sangre cayeron sobre la nieve acumulada en el antepecho de la ventana. La Reina contempló el contrataste de la sangre roja sobre la nieve blanca y suspiró.

–¡Cómo quisiera tener una hija que tuviera la piel tan blanca como la nieve, los labios rojos como la sangre y el cabello negro como el ébano!

Poco tiempo después, su deseo se hizo realidad al nacerle una hermosa niña con piel blanca, labios rojos y cabello negro a quien dio el nombre de Blanca Nieves.

Desafortunadamente, la Reina murió cuando la niña era aún muy pequeña y el padre de Blanca Nieves contrajo matrimonio con una hermosa y cruel mujer que se preocupaba más de su apariencia física que de hacer buenas acciones.

LA NUEVA Reina poseía un espejo mágico que podía responderle a todas las preguntas que ella le hacía. Pero la única que le interesaba era:

—Espejo mágico, ¿quién es la más hermosa del reino?

Invariablemente el espejo le respondía:

—¡La más bella eres tú!

La vanidosa Reina vivía muy satisfecha con la respuesta, hasta que un día, el espejo le respondió algo completamente diferente:

—Es verdad que Su Majestad es muy hermosa; pero ¡Blanca Nieves es la más hermosa del reino!

ENFURECIDA, la envidiosa Reina gritó:

–¿Blanca Nieves más hermosa que yo? ¡Imposible! ¡Eso no lo toleraré!

Entonces mandó a llamar a su más fiel cazador.

–¡Llévate a Blanca Nieves a lo más profundo del bosque y mátala! Tráeme su corazón como prueba de que cumpliste mis órdenes.

El cazador inclinó la cabeza en signo de obediencia y salió en búsqueda de Blanca Nieves.

¿A dónde vamos? –preguntó la joven.

–A dar un paseo por el bosque, Su Alteza, –respondió el cazador.

El pobre hombre, acongojado, sabía que sería incapaz de ejecutar la orden de la Reina. Al llegar al medio del bosque, el cazador explicó a Blanca Nieves lo que sucedía y le dijo:

–¡Corre! Vete lejos de aquí y escóndete donde la Reina no pueda encontrarte, ¡y no regreses jamás al palacio!

Muy asustada, Blanca Nieves se fue llorando. El cazador mató un jabalí y le sacó el corazón.

"La Reina creerá que es el corazón de Blanca Nieves" –pensó el cazador–. "Así, la Princesa y yo, viviremos más tiempo".

BLANCA NIEVES se encontró sola en medio de la oscuridad del bosque. Estaba aterrorizada. Creía ver por todas partes ojos que la acechaban y los ruidos que escuchaba le causaban mucho miedo.

Corrió sin rumbo alguno. Vagó durante horas, hasta que finalmente vio, en un claro del bosque, una pequeña cabaña.

¿HAY alguien en casa? –preguntó mientras tocaba a la puerta.

Como nadie respondía, Blanca Nieves la empujó y entró. En medio de la pieza vio una mesa redonda puesta para siete comensales.

Sintiéndose segura y al abrigo, subió las escaleras que conducían a la planta alta donde descubrió, colocadas una al lado de la otra, siete camas muy pequeñas.

"Haré una pequeña siesta" –se dijo–. "¡Estoy tan cansada!"

Entonces se acostó y se quedó profundamente dormida.

LA CABAÑA pertenecía a los siete enanitos del bosque. Eran muy pequeños, tenían largas barbas y llevaban sombreros de vivos colores. Esa noche regresaron a casa muy cansados después de una larga jornada de trabajo en la mina de diamantes.

–¡Miren! ¡Hay alguien durmiendo en nuestras camas!

Uno de ellos tocó delicadamente el hombro de Blanca Nieves quién despertó sobresaltada.

–¿Quién eres? ¿Qué haces aquí? –preguntaron los enanitos sorprendidos.

Blanca Nieves les contó su trágica historia y ellos la escucharon llenos de compasión.

–Quédate con nosotros. Aquí estarás segura.

–¿Sabes preparar tartas de manzana? –preguntó uno de ellos.

–¡Si, Si! Puedo preparar cualquier cosa –respondió ella contenta.

–La tarta de manzana es nuestro postre preferido –le dijeron.

BLANCA NIEVES se ocupaba de las faenas de la casa mientras ellos trabajaban en la mina de diamantes, y en la noche, ella les contaba divertidas historias.

Sin embargo, los enanitos se sentían inquietos por la seguridad de Blanca Nieves.

–No hables con extraños cuando estés sola. Y, sobre todo, ¡no le abras la puerta a nadie! –le advertían al salir.

–No se preocupen. Tendré mucho cuidado –les prometía.

Los meses pasaron y Blanca Nieves era cada vez más hermosa. Leía, bordaba y cantaba hermosas canciones. Algunas veces soñaba en el día en que se casaría con un apuesto príncipe.

ENTRETANTO, la malvada
Reina convencida de que
Blanca Nieves estaba muerta,
había cesado de interrogar a su
espejo mágico. Pero una mañana,
decidió consultarlo de nuevo.

–¿Es verdad que yo soy la
más hermosa del reino?
–preguntó.

–No, tú no eres la más
hermosa –respondió el espejo–.
Blanca Nieves sigue siendo la más
hermosa del reino.

–¡Pero, Blanca Nieves está
muerta! –gritó la Reina.

–No, –contestó el espejo–.
Esta viva y habita con los siete
enanitos del bosque.

La Reina encolerizada
mandó buscar al cazador, pero
éste se había marchado del
palacio. Entonces empezó a
pensar cómo haría para
deshacerse ella misma de la joven
de una vez por todas.

Blanca Nieves estaba preparando una tarta cuando una vieja aldeana se acercó a la casita. Era la malvada Reina disfrazada de mendiga.

—Veo que estás preparando una tarta de manzanas —dijo la anciana asomándose por la ventana de la cocina.

—Si —respondió nerviosamente Blanca Nieves—. Le ruego me disculpe, pero no puedo hablar con extraños.

¡Tienes razón! –respondió la Reina–. Yo simplemente pasaba por aquí y quisiera darte una manzana. Las vendo para vivir y quizás un día quieras comprar. Son deliciosas, ya verás.

La Reina cortó un trozo de manzana y se lo llevó a la boca.

–¿Ves hijita? Una manzana no pude hacerte ningún mal. ¡Disfrútala! Y se alejó lentamente.

BLANCA NIEVES no podía alejar sus ojos de la manzana. No solo parecía inofensiva, sino que se veía ¡jugosa e irresistible!

"No puede estar envenenada, la anciana comió un trozo", se dijo.

La pobre Blanca Nieves se dejó engañar. ¡La malvada Reina había envenenado la otra mitad de la manzana!

Poco después de haber mordido la fruta, Blanca Nieves cayó desmayada y una muerte aparente hizo sus efectos de inmediato. Allí la encontraron los siete enanitos al regresar de la mina.

–¡Esto es sin duda alguna obra de la Reina! –gritaron angustiados mientras intentaban reavivar a Blanca Nieves.

Pero todo era en vano, la muchacha, inmóvil, no daba ninguna señal de vida. Además, su aliento no empañaba el espejo que los enanitos ponían cerca de su boca.

LOS SIETE ENANITOS lloraban
amargamente la muerte de
Blanca Nieves y no querían de
ninguna manera separarse de ella.
Tal era su belleza, que al verla
daba la impresión de que estaba
dormida. Posiblemente, pensaron,
era víctima de un hechizo.
Entonces decidieron colocarla en
una urna de cristal y hacer turnos
para cuidarla.

Un día un joven príncipe,
que pasaba por el bosque, oyó
hablar de la triste historia de la
hermosa princesa que yacía en
una urna de cristal.

"¡Cómo quisiera verla!"
pensaba mientras se dirigía a la
casa de los siete enanitos.

AL VERLA, el Príncipe se enamoró inmediatamente de ella. ¡Era la joven más hermosa que jamás había visto!

–¡Por favor déjenme cuidarla! –suplicó a los siete enanitos–. Yo velaré su sueño y la protegeré por el resto de mi vida.

En un comienzo, los siete enanitos se negaron, pero después aceptaron pensando que Blanca Nieves estaría más segura en el castillo.

Cuando los lacayos del Príncipe levantaron la urna de cristal para llevársela, uno de ellos se tropezó y el cofre se sacudió.

El trozo de manzana envenenado cayó de la boca de Blanca Nieves. Sus mejillas, hasta entonces de un pálido mortal, comenzaron a teñirse de rosa y sus ojos se abrieron lentamente.

Los enanitos no podían contener su alegría, mientras el Príncipe se arrodillaba al pie de Blanca Nieves.

–Deseo, con todo mi corazón, que seas mi esposa –susurró el Príncipe conmovido.

BLANCA NIEVES, que se había enamorado del apuesto príncipe, le respondió:

—Sí, seré tu esposa.

La boda se celebró con una gran fiesta. La malvada Reina fue perdonada e invitada. Pero cuando vio la belleza y dulzura de Blanca Nieves, se llenó de tal rabia y envidia, ¡que cayó muerta al instante!

Blanca Nieves y el Príncipe vivieron felices en un hermoso castillo, y los siete enanitos nunca tuvieron que regresar a trabajar a la mina de diamantes.

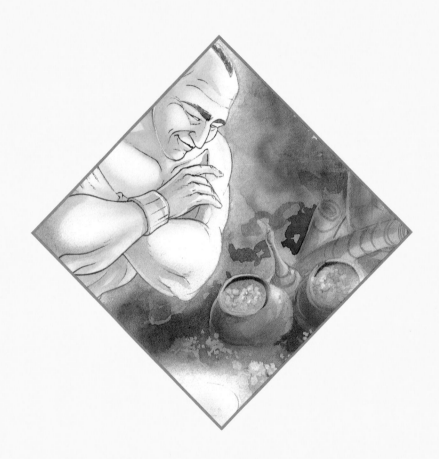

ALADINO
Y LA
LÁMPARA MARAVILLOSA

ÉRASE una vez una viuda que vivía
con su hijo, Aladino. Un día,
un misterioso extranjero ofreció al
muchacho una moneda de plata a
cambio de un pequeño favor y, como
eran muy pobres, aceptó.

–¿Qué tengo que hacer? –preguntó.

–Sígueme –respondió el misterioso
extranjero.

EL EXTRANJERO y Aladino se alejaron de la aldea en dirección al bosque, donde este último iba con frecuencia a jugar. Poco tiempo después se detuvieron delante de una estrecha entrada que conducía a una cueva que Aladino nunca antes había visto.

–¡No recuerdo haber visto esta cueva! –exclamó el joven–. ¿Siempre ha estado ahí?

El extranjero, sin responder a su pregunta, le dijo:

–Quiero que entres por esta abertura y me traigas mi vieja lámpara de aceite. Lo haría yo mismo si la entrada no fuera demasiado estrecha para mí.

–De acuerdo –dijo Aladino–, iré a buscarla.

–Algo más –agregó el extranjero–. No toques nada más, ¿me has entendido? Quiero únicamente que me traigas la lámpara de aceite.

El tono de voz, con que el extranjero le dijo esto último, alarmó a Aladino. Por un momento pensó huir, pero cambió de idea al acordarse de la moneda de plata y toda la comida que su madre podría comprar con ella.

–No se preocupe, le traeré su lámpara, –dijo Aladino mientras se deslizaba por la estrecha abertura.

UNA VEZ en el interior, Aladino vio una vieja lámpara de aceite que alumbraba débilmente la cueva. Cuál no sería su sorpresa al descubrir un recinto lleno de relucientes monedas de oro y piedras preciosas.

"Si el extranjero sólo quiere la vieja lámpara –pensó Aladino–, o está loco, o es un brujo. ¡Mmm, tengo la impresión que no está loco! ¡Entonces es un...!"

–¡La lámpara! ¡Tráemela inmediatamente! –gritó el brujo impaciente.

–De acuerdo. Pero primero déjeme salir –repuso Aladino mientras comenzaba a deslizarse por la abertura.

¡No! ¡Primero dame la lámpara! –exigió el brujo cerrándole el paso.

–¡No! –gritó Aladino.

–!Peor para ti! –exclamó el brujo empujándolo nuevamente dentro de la cueva. Pero, al hacerlo, perdió el anillo que llevaba en el dedo el cual rodó hasta los pies de Aladino.

En ese momento se oyó un fuerte ruido. Era el brujo que hacía rodar una roca para bloquear la entrada a la cueva.

UNA OSCURIDAD profunda invadió el lugar. Aladino tuvo miedo. ¿Se quedaría atrapado allí para siempre?

Sin pensarlo, recogió el anillo y se lo puso en el dedo. Mientras pensaba en la forma de escaparse, distraídamente le daba vueltas y vueltas.

De repente, la cueva se llenó de una intensa luz rosada y un genio sonriente apareció.

—Soy el Genio del Anillo. ¿Qué deseas, mi señor?

Aladino aturdido ante aquella aparición, sólo acertó a balbucear:

—Quiero regresar a casa.

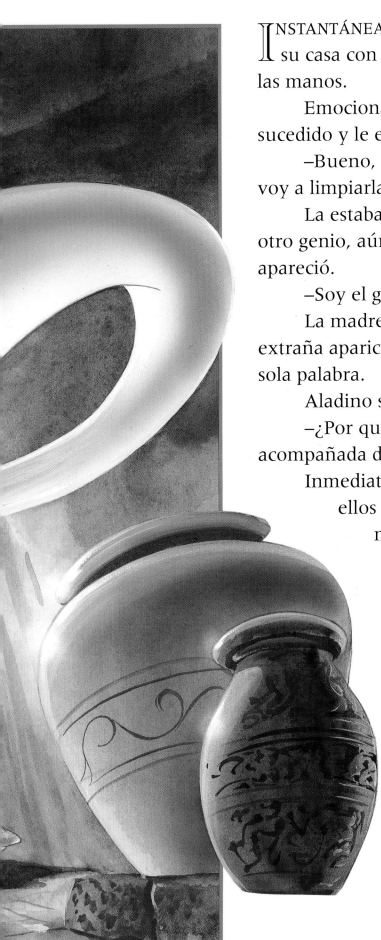

INSTANTÁNEAMENTE, Aladino se encontró en su casa con la vieja lámpara de aceite entre las manos.

Emocionado, el joven narró a su madre lo sucedido y le entregó la lámpara.

—Bueno, no es una moneda de plata, pero voy a limpiarla y podremos usarla.

La estaba frotando, cuando de improviso otro genio, aún más grande que el primero, apareció.

—Soy el genio de la lámpara. ¿Qué deseas?

La madre de Aladino, contemplaba aquella extraña aparición sin atreverse a pronunciar una sola palabra.

Aladino sonriendo murmuró:

—¿Por qué no una deliciosa comida acompañada de un exquisito postre?

Inmediatamente, aparecieron delante de ellos fuentes llenas de exquisitos manjares.

Aladino y su madre comieron muy bien ese día y a partir de entonces, todos los días durante muchos años.

Aladino creció y se convirtió en un joven alto y apuesto, y su madre no tuvo necesidad de trabajar para otros. Se contentaban con muy poco y el genio se encargaba de suplir todas sus necesidades.

U N DÍA, cuando Aladino se dirigía al mercado, vio a la hija del Sultán que se paseaba en su litera. Una sola mirada le bastó para quedar locamente enamorado de ella. Inmediatamente corrió a su casa a contárselo a su madre:

–¡Madre, este es el día más feliz de mi vida! Acabo de ver a la única mujer con quién quiero casarme.

–Iré a ver al Sultán y le pediré para ti la mano de su hija Halima –dijo ella.

Como era costumbre llevar un presente al Sultán, pidieron al genio un cofre lleno de hermosas joyas.

Aunque muy impresionado por el presente el Sultán preguntó:

–¿Cómo puedo saber si tu hijo es suficientemente rico para velar por el bienestar de mi hija? Dile a Aladino que, para demostrar su riqueza, debe enviarme cuarenta caballos de pura sangre cargados con cuarenta cofres llenos de piedras preciosas y cuarenta guerreros para escoltarlos.

LA MADRE de Aladino, desconsolada, regresó a casa con el mensaje.
—¿Dónde podremos encontrar todo lo que exige el Sultán? —preguntó a su hijo.

—Tal vez el genio de la lámpara pueda ayudarnos —contestó Aladino.

Como de costumbre, el genio sonrió e inmediatamente obedeció las órdenes de Aladino.

Instantáneamente, aparecieron cuarenta briosos caballos cargados con cofres llenos de zafiros, rubíes, esmeraldas y diamantes. Esperando impacientes las órdenes de Aladino, cuarenta jinetes ataviados con blancos turbantes y anchas cimitarras, montaban los caballos.

–¡Al palacio del Sultán! –ordenó Aladino.

EL SULTÁN, muy complacido con tan magnífico regalo, se dio cuenta que el joven estaba verdaderamente determinado a obtener la mano de su hija. Poco tiempo después, Aladino y Halima se casaron y el joven hizo construir un hermoso palacio al lado del Sultán (con la ayuda del genio, claro está).

El Sultán se sentía orgulloso de su yerno y Halima estaba muy enamorada de su esposo que era atento y generoso.

PERO LA felicidad de la pareja fue interrumpida el día en que el malvado brujo regresó a la ciudad disfrazado de mercader.

–¡Cambio lámparas viejas por nuevas! –pregonaba. Las mujeres cambiaban felices sus viejas lámparas por nuevas.

–¡Aquí! –llamó Halima–. ¡Tome la mía también! –agregó entregándole la lámpara del genio.

Aladino nunca había confiado a Halima el secreto de la lámpara y ahora era demasiado tarde.

EL BRUJO frotó la lámpara y dio una orden al genio. En una fracción de segundo, Halima y el palacio subieron muy alto por el aire y fueron llevados a la lejana tierra del brujo.

–¡Ahora serás mi mujer! –le dijo el brujo con una estruendosa carcajada.

La pobre Halima, viéndose a la merced del malvado brujo, lloraba amargamente.

CUANDO Aladino regresó, vio que su palacio y todo lo que amaba había desaparecido. Entonces acordándose del anillo le dio tres vueltas.

–Gran Genio del Anillo, ¿dime qué sucedió con mi esposa y mi palacio? –preguntó.

–El brujo que te empujó al interior de la cueva hace algunos años regresó mi Amo, y se llevó tu palacio y con él tu esposa y la lámpara –respondió el Genio.

–Tráemelos de regreso inmediatamente –pidió Aladino.

–Lo siento, Amo. Mi poder no es suficiente para traerlos. Pero puedo llevarte hasta donde se encuentran.

Poco después, Aladino se encontraba entre los muros del palacio del brujo. Atravesó silenciosamente las habitaciones hasta encontrar a Halima. Al verla la estrechó entre sus brazos mientras ella trataba de explicarle lo que había sucedido.

–¡Shhh! no digas una palabra hasta que encontremos la manera de escapar –susurró Aladino.

Juntos trazaron un plan. Halima debía encontrar la manera de envenenar al brujo. El Genio del Anillo le proporcionó el veneno.

Esa noche, Halima sirvió la cena y vertió el veneno en una copa de vino que le ofreció al brujo. Sin quitarle los ojos de encima, esperó a que se tomara hasta la última gota. Casi inmediatamente, éste se desplomó inerte.

ALADINO entró presuroso a la habitación, tomó la lámpara que se
encontraba en el bolsillo del brujo y la frotó con fuerza.

–¡Cómo me alegro de verte, mi buen Amo! –dijo el genio sonriendo–.
¿Podemos regresar ahora?

–¡Al instante! –respondió Aladino y el palacio se elevó por el aire y
flotó suavemente hasta el reino del Sultán.

El Sultán y la madre de Aladino estaban felices al ver de nuevo a sus hijos. Una gran fiesta fue organizada a la cual fueron invitados todos los súbditos del reino para celebrar el regreso de la joven pareja.

Aladino y Halima vivieron felices y sus sonrisas aún se pueden ver cada vez que alguien brilla una vieja lámpara de aceite.

HABÍA UNA vez un rey y una reina que ansiaban tener un hijo. Un día, cuando la Reina estaba cepillando su cabello, una rana saltó hasta el alféizar de su ventana.

–Muy pronto serás madre –le anunció la rana.

Llenos de alegría con la noticia, el Rey y la Reina esperaron impacientes la llegada del bebé.

Meses más tarde, una mañana, cuando el sol comenzaba a levantarse nació una hermosa princesita.

El Rey y la Reina estaban felices. El Rey contempló a su hija y luego dirigió su mirada al cielo y a las montañas con sus picos cubiertos de nieve.

–¡Nuestra hija es tan hermosa como el sol de la mañana! La llamaremos Aurora.

–HAREMOS UNA gran fiesta para bautizarla –dijo la Reina.

–Así será –respondió el Rey–. Invitaremos a todos los nobles del reino y también a todas las hadas madrinas, ya que estoy seguro de que la rana fue enviada por un hada buena.

El Rey y la Reina escribieron una larga lista de invitados y enviaron mensajeros a lo largo y ancho del reino para entregar las invitaciones.

Al fin llegó el día tan esperado. Antes de que las carrozas que conducían a los nobles comenzaran a llegar, el cielo se iluminó con un gran resplandor y las doce hadas buenas del reino hicieron su aparición. La Reina muy complacida dijo al Rey:

—Es maravilloso. ¡Todas las hadas están aquí!

Pero por desgracia, la decimotercera hada *no* había sido invitada.

Todos los convidados estaban en el gran comedor del castillo, sentados frente a exquisitas mesas puestas con platos de oro. En medio del salón, la pequeña Aurora sonreía en su hermosa cuna.

Cuando terminó el banquete, una a una las hadas buenas se acercaron a la cuna y ofrecieron a la princesita un don como regalo.

–Serás muy sabia –dijo una de las hadas.

–Sabrás reconocer el verdadero amor –dijo otra.

Cuando la decimoprimera hada había terminado de ofrecer su don, un viento helado apagó todos los candelabros dejando el salón en completa oscuridad. De repente, una luz velada por una espesa nube de humo negro penetró en el recinto, y los invitados aterrados vieron con horror como la nube se detenía frente a la cuna. ¡Era la decimotercera hada!

–¡Así que no soy lo suficientemente buena para ser invitada al bautizo de esta niña! –chilló la malvada hada–. Yo también tengo algo para ofrecerte pequeña. ¡Cuando cumplas dieciséis años, te pincharás un dedo con un huso y morirás!

CON UNA estridente carcajada, el hada malvada desapareció. El Rey y la Reina angustiados se arrodillaron al lado de la cuna.

–¿Cómo íbamos a saber que había una decimotercera hada? –sollozó la Reina.

En ese momento, la decimosegunda hada voló por encima de la cuna.

–Yo aún no he ofrecido mi don a la Princesa –dijo con dulzura–. La decimotercera hada es muy poderosa y no puedo romper su hechizo pero si puedo atenuarlo. Haciendo una señal con su varita mágica, alzó la voz para que todos pudiera escucharla:

–Cuando la Princesa se pinche el dedo, no morirá pero dormirá cien años al cabo de los cuales será despertada por un beso de verdadero amor.

El Rey estaba muy agradecido, pero decidió no correr ningún riesgo. Ordenó que fueran quemados todos los husos que había en el reino.

L A PRINCESA Aurora creció y se convirtió en una graciosa
jovencita. El día que cumplió dieciséis años, todos estaban
muy ocupados preparándose para la fiesta.

–Vete a jugar, hija mía –dijo la Reina a Aurora–, te
llamaremos cuando llegue la hora de vestirte para la fiesta.

Todos se veían tan ocupados, que Aurora decidió explorar
una de las torres del castillo. Mientras subía las escaleras pensaba:

–Que extraño, nunca he venido a este lugar.

Subió despacio hasta llegar a una misteriosa puerta, la abrió, y se encontró en un sombrío recinto. Allí, en medio de una pila de lana, había una anciana sentada frente a un objeto que Aurora no había visto nunca.

–¿Qué está haciendo? –preguntó tímidamente la Princesa.

–Estoy hilando –respondió la anciana–. Este es un huso que está compuesto por una rueda y una aguja.

Mientras hablaba, sus dedos ágiles iban torciendo la lana y enrollándola rápidamente en el huso.

–¿Quieres ensayar?

–Sí, sí –respondió Aurora. La joven tendió su mano y la anciana sonrió mientras le pasaba la aguja. En ese momento un rayo de luz invadió la habitación y se escuchó una terrible carcajada. La Princesa se había pinchado un dedo y ahora yacía en el suelo sin sentido.

LA DECIMOSEGUNDA hada, que había permanecido vigilante en ese día tan especial, muy pronto se enteró que el maleficio de la malvada hada se había cumplido. Aurora se había pinchado un dedo y ahora se encontraba sumida en un profundo sueño.

Rápidamente voló por encima del castillo moviendo su varita mágica para dormir a todos sus ocupantes.

El cocinero y la fregona comenzaron a roncar justo cuando estaban en medio de los preparativos de la cena. Los escuderos y los pajes, los cortesanos y los mozos de cuadra empezaron a cabecear. Los guardianes y los perros, quedaron profundamente dormidos en un abrir y cerrar de ojos; un gato que estaba cazando un ratón se quedó dormido y, por supuesto, ¡el ratón también!

El Rey y la Reina habían trabajado mucho durante toda la mañana, para que los preparativos de la fiesta de cumpleaños de la Princesa se llevaran a cabo como ellos lo deseaban. Cuando el hada voló por encima de ellos, sólo tuvieron tiempo de sentarse en sus tronos.

—¡Será una fiesta maravillosa! —suspiró la Reina feliz.

—Si, querida mía —dijo el Rey dando un gran bostezo. Y quedaron sumidos en un profundo sueño.

LOS RELOJES pararon de sonar y el tiempo se detuvo en el castillo. Afuera, misteriosas plantas cubiertas de negras espinas, comenzaron a crecer. En pocas semanas crecieron tanto que era imposible ver las torres del castillo. Todo era obra del hada buena que quería mantener el castillo y sus habitantes protegidos y seguros.

Con el tiempo, todos se olvidaron del castillo y de sus habitantes. Sólo algunas veces, algún abuelo sentado bajo la sombra de un árbol, contaba la historia de la hermosa Princesa que dormía en un castillo cubierto de espinas esperando ser despertada con un beso de verdadero amor.

LOS AÑOS transcurrían y no faltaba algún joven valiente que llegara al castillo atraído por el desafío de liberar de su sueño a la misteriosa Princesa. Todos y cada uno trataron de pasar a través de la tupida muralla de espinas y aunque comenzaban la labor decididos, todos se veían forzados a desistir de su propósito. Las espinas se clavaban en las patas de los caballos y parecía como si las ramas quisieran atraparlos en una trampa mortal.

HABÍAN PASADO cien años, y ya casi nadie recordaba la historia de la Bella Durmiente. Aquellos que fueron los primeros en escucharla, habían muerto hacía muchos años y sus hijos eran ahora ancianos.

Un día, un joven príncipe llamado Micael llegó a un pueblo cercano del castillo, ahora convertido en un bosque de espinas. Interesado en conocer la región, hizo muchas preguntas a los habitantes del pueblo. Un anciano a quien el Príncipe se dirigió, lo miró fijamente a los ojos y le preguntó:

–¿Has encontrado el verdadero amor, hijo?

–No –contestó el Príncipe–, pero anhelo encontrarlo.

–Entonces tú eres el hombre capaz de despertar a la Bella Durmiente –dijo el anciano, y le contó la leyenda de la princesa Aurora.

El corazón del Príncipe empezó a latir emocionado.

–La encontraré –dijo el joven decidido.

El príncipe Micael se dirigió hacia la montaña de espinas, seguro de que nada ni nadie podría detenerlo. Era el día exacto en el cual cien años atrás se había celebrado el decimosexto aniversario de la princesa Aurora.

Cuando entró en el bosque encantado, las ramas llenas de espinas fueron cambiando de aspecto hasta convertirse en flexibles y verdes tallos y su caballo pudo pasar fácilmente a través de ellos.

CUANDO EL príncipe Micael llegó al castillo, vio docenas de perros y caballos convertidos en estatuas de piedra.

"Qué extraño", pensó "esto debe ser realmente un lugar encantado".

En el gran salón, observó detenidamente al Rey y a la Reina, a todos los cortesanos y a la servidumbre. Todos estaban en los lugares donde se habían quedado dormidos hacía un siglo. Después, continuó su recorrido hasta llegar a la torre.

Abrió la puerta y vio a la Princesa que reposaba en una cama. Su cabello, rubio como la luz del sol, estaba esparcido sobre la almohada y sus labios eran tan delicados como los pétalos de una rosa.

El Príncipe cayó de rodillas al lado de la Princesa y se quedó mirándola fijamente. Un sentimiento desconocido para él invadió su corazón.

"Esto debe ser el verdadero amor", pensó. "Aunque aún no ha pronunciado una sola palabra, siento como si la hubiese conocido toda mi vida". Suavemente tomó la mano de la Princesa y la besó. La princesa Aurora abrió los ojos y en su rostro se dibujó una hermosa sonrisa.

EN ESE momento, el castillo comenzó a recobrar vida. El gato saltó sobre el ratón, pero el ratón fue más rápido y corrió a esconderse en la cocina. Al verlo, la fregona no pudo contener un grito de horror.

En el puente levadizo, los guardias se frotaron los ojos y los perros comenzaron a ladrar. Los sirvientes empezaron a correr de un lado para otro, de la misma manera que lo estaban haciendo cien años atrás para preparar el decimosexto aniversario de la Princesa.

–¡Qué horror! ¡Todo luce tan empolvado! –exclamó la Reina.

–No te preocupes, –dijo el Rey dando un gran bostezo y estirando los brazos–, los sirvientes harán la limpieza.

—¡DEBO DARME prisa y avisarle a Aurora que es hora de cambiarse el vestido! —dijo la Reina al acordarse qué día era. Pero antes de que pudiera hacer algo, un apuesto y desconocido joven entró en el salón llevando a Aurora en sus brazos.

—¡Hija mía! —gritó la Reina y corrió a su encuentro. Tomó las manos de Aurora y pudo ver la cicatriz que le había dejado la aguja del huso.

Se escuchó un susurro de alas, y las hadas buenas empezaron a llegar para participar en la celebración. Fueron ellas quienes contaron al Rey y a la Reina lo que había sucedido.

—¡Quiere decir que el maleficio del hada malvada está roto para siempre! —exclamó el Rey aliviado.

—Así es, Su Majestad, pero su hija ha caído bajo un nuevo hechizo que no se romperá jamás, —respondieron las hadas mirando al Príncipe.

Fue así como el Príncipe y la Princesa encontraron el verdadero amor, y vivieron felices para siempre.